Begegnungen

Die Deutsche Nationalbibliothek verzeichnet diese Publikation in der Deutschen Nationalbibliografie; detaillierte bibliografische Daten sind im Internet auf der Seite https://portal/dnb.de/opac.htm abrufbar.

Texte und Layout: Karl Miziolek

Umschlaggestaltung: Books on Demand-Coverdesign unter Verwendung einer Fotografie von Boris Thaser/flickr.com

Verlag und Herstellung:

BoD – Books on Demand GmbH, Norderstedt

ISBN   9783750499522

Karl Miziolek

Begegnungen

Kurzgeschichten

Inhalt

Fettnäpfchen

Es ging schon gegen Mittag, als ich aufwachte. Der erste von ein paar Tagen Urlaub, endlich Zeit, auszuspannen und den Kopf frei zu bekommen.

Das hörte sich an wie der Slogan eines Fremdenverkehrsvereins, und es war gar nicht so einfach. Um erfolgreich auszuspannen, musste ich nämlich aufhören, erfolgreich sein zu wollen.

Meine Erschöpfung half mir offensichtlich dabei.

Das Frühstückszimmer der kleinen Pension war natürlich schon leer, Büffet von 8 bis 10 Uhr, war mir bei der Ankunft mitgeteilt worden. Ich war ohnehin nicht gewohnt zu frühstücken, fühlte mich vorläufig ausgeruht und beschloss, einen kleinen Ausflug in die Gegend zu unternehmen.

Ich setzte mich ins Auto und fuhr los. Es gehörte zu meinem Anti-Stress-Programm, mir nicht sofort Vorwürfe zu machen, dass ich nicht stattdessen wandern ging. Mein motorisierter Untersatz war heute unverzichtbarer Teil meiner Bewegungsfreude und somit, per definitionem, gesund.

Wo es nett war, würde ich stehen bleiben, nahm ich mir vor. Bei der Ausfahrt zur Hauptstraße las ich auf einem Plakat am Straßenrand: „Heute in der Disco: After Work Party ab 20 Uhr". Es gab also eine Disco hier. Warum nicht? Ich nahm das Plakat als Wink des Schicksals und beschloss, hinzugehen, sollte ich nicht vorher, wie gestern, schon um 8 halbtot ins Bett fallen. Der Abend würde sonst wahrscheinlich sehr langweilig werden.

Auf den Landstraßen war fast kein Verkehr, nur einige dieser unvermeidlichen Sonntagsfahrer, die leider inzwischen auch an Samstagen unterwegs waren und deren Motor anscheinend ab Werk bei 65 km/h abgeregelt wird.

Was soll's, nicht aufregen, ich war im Urlaub –

„Aber der dauert auch nicht ewig", brüllte ich gegen die Windschutzscheibe, als ob die Dame, bekrönt mit einem exakt zwischen ihren Kopf und den Dachhimmel passenden, leuchtend violetten Hut, die in ihrem orangen Kleinwagen auf der Straße dahinschlich, es hätte hören können. Sie fuhr rittlings über der Fahrbahnmarkierung, sie zu überholen wäre purer Leichtsinn gewesen. Sehen konnte sie mich sicher nicht, da sie zu jener Unterart ihrer Spezies zu gehören schien, die den Rückspiegel so einstellte, dass sie sich ohne grobe Verrenkungen jederzeit schminken konnte. Im Grunde bewies das Anpassungsfähigkeit, da es ja auf der Fahrerseite keinen Schminkspiegel gab. Gott hatte bald ein Einsehen mit mir, so glaubte ich wenigstens, denn sie schickte sich an, rechts abzubiegen, wie an einem aufgeregten Blinken zu erkennen war.

Zu früh gefreut. Sie fuhr blinkend noch einen halben Kilometer mit reduziertem Tempo, also Schrittgeschwindigkeit, ich hätte aussteigen und zur Abbiegung schlendern und sie dort erwarten können. Um die Ecke fuhr sie noch langsamer, wahrscheinlich aus Angst, sonst mitsamt ihrem Hut von ungeahnten Fliehkräften aus dem Auto geschleudert zu werden.

„Das ist nur eine Kurve, Schätzchen, die beißt nicht!", schrie ich ihr entnervt nach. Noch zwei von dieser Sorte, und ich würde am Abend ein heiseres nervliches Wrack sein.

Ich musste zur Ruhe kommen.

Klassik-Radio half mir dabei immer. Begleitet von den Klängen von Vivaldis „Vier Jahreszeiten", ließ ich meinen Wagen durch den warmen Nachmittag auf einen Bergrücken klettern, hoch über dem Ort. Dort oben machte ich Rast und genoss den herrlichen Ausblick. Ich seufzte. Was für eine wunderbare Gegend! Vor vielen Jahren war ich schon einmal hier gewesen, auf Schullandwoche, und soweit ich sehen konnte, hatte sich hier genauso wenig verändert wie in meinem Leben.

Wie hatten all die Jahre so spurlos an mir vorüberziehen können? Damals dachte ich, mit dreißig sei man schon alt und müsse „es" längst geschafft haben. Ich war vierzig, und was hatte ich erreicht?

Meine Gitarre verstaubte auf dem Dachboden, meine Bühnenerfahrung hatte mit der Zeugnisübergabe des Schulabschlusses geendet. Millionär war ich derzeit nicht einmal in Simbabwe-Dollar, obwohl ich das Gefühl hatte, Tag für Tag schwer zu arbeiten, und das Singledasein verfolgte mich wie mein Schatten. 20 Jahre lang nach Feierabend erschöpft auf der Couch darauf zu warten, dass das Leben an meine Tür klopfte, das war genug. Deshalb stand mein Entschluss fest: Ich wollte endlich etwas Verrücktes tun, statt „vernünftig" zu sein. Schließlich war ich in Urlaubsstimmung. In der Disco heute Abend würde ich anquatschen und anbaggern, was das Zeug hielt.

Ein Blick auf die Uhr und in meinen Rückspiegel zeigte mir, dass es Zeit wurde für einen Neustart, wollte ich in der Disco reüssieren. Von meinem Aussichtsposten aus waren nun, da ich danach suchte, in einiger Entfernung doch deutliche Spuren großzügiger Erneuerung in Form einer Art Shopping City zu erkennen, wo früher vermutlich Kühe gegrast und Bauern geackert hatten.

Zwei Stunden später bewunderte ich das Ergebnis meines dortigen Besuchs: Gestylte Frisur, schon jetzt Blasen von den neuen, sehr knapp geschnittenen Schuhen und ein derzeit noch erträgliches Kneifen im Schritt von der neuen Hose. Meine Männlichkeit kam, fand ich, viel besser zur Geltung, wenn ich das Gefühl hatte, demnächst würde irgendwo eine Naht platzen.

Alles eine Mogelpackung, soviel gestand ich mir ein.

Die Frage, was ich mir eigentlich von einem Besuch in einer Dorfdiskothek versprach, wo sich wahrscheinlich alle kannten und ich niemanden, ließ ich nicht wirklich an mich heran.

„It's showtime!"

Mit federndem Schritt tänzelte ich die Treppe hinunter und landete genau in den Armen meiner Pensionswirtin.

„Ah, Sie gehen noch aus?"

Ich antwortete stolz, ja, in die Disco.

„Ach ja, die Feierabendparty", grinste sie über das ganze Gesicht. „Es kommen Leute aus der ganzen Gegend hin. Meine Enkelin auch. Vielleicht treffen Sie sie, wäre doch nett!"

„Ja, sicherlich", stimmte ich höflich zu.

Hätte die gute Frau gewusst, was ich mit ihrer Enkelin vorhatte, sollte sie mir über den Weg laufen, hätte sie es nicht mehr so nett gefunden. Aber letztlich ging diese Enkelin wahrscheinlich aus demselben Grund hin wie ich. Und ich hatte, genau besehen, durchaus ehrenhafte Absichten. Ich wollte mich überhaupt nicht von einem Flirt-Geplänkel von meinem heimlichen Plan ablenken lassen, endlich eine feste Verbindung anzubahnen. Was ich im Fall erfolgreicher Anbahnung mit der schönen Bäuerin anfangen sollte, die ich nach meinem

Urlaub allein auf ihrem Hof zurücklassen würde, daran verschwendete ich keinen Gedanken. Vermutlich würde sie nicht mit ihren Kühen in meine 2-Zimmer-Wohnung im 10. Bezirk einziehen wollen.

Die Disco war noch so gut wie leer, als ich dort ankam. An einem Tisch in einer Ecke hockten drei harmlos aussehende Jugendliche, die schon einen sitzen hatten und glucksten und gackerten. Die Musik war noch dezent genug, sie nicht zu übertönen. Eine robust wirkende Barfrau, die wahrscheinlich noch kurz vor der Schicht Schweine gefüttert oder Pferde gestriegelt hatte, sah trotzdem aus wie Miss Juni vom Jungbauernkalender. Ich schwang mich auf einen der Hocker an der Bar, der eine gute Übersicht bot, und bestellte einen Aperitif –

ein Bier und einen Kräuterschnaps. So eine Kombination erfüllte immer ihren Zweck, machte Appetit auf mehr.

Nach meiner dritten Runde war das Lokal bereits ziemlich voll, und ich spürte eine gewisse Lockerheit aufsteigen. Natürlich wurde bemerkt, dass ich hier fremd war. Die Tanzfläche war noch verwaist. Die Gäste sammelten sich an den Tischen und in den Stehnischen.

Immer wieder wurde zu anderen Gruppen hinübergeäugt. „Gucken" schien ihnen das Beste in dieser Situation zu sein, niemand wollte den Anfang machen. Mich kannte ja hier keiner, also konnte ich ruhig derjenige sein, der den Bann brach und sich als Erster auf die Tanzfläche wagte. Als Städter konnte ich mich in einer Landdisco gar nicht blamieren, sagte ich mir, auch wenn meine

Discobesuche an einer Hand abzuzählen waren.

Die Musik wurde immer besser — tanzbarer, obwohl ich keinen der Songs kannte, die mittlerweile von der halben Disco mitgesungen wurden. Ich brauchte also dringend eine Partnerin und ließ den Blick schweifen. Als ich mich wieder zur Bar umdrehte, sah ich, dass der Hocker neben mir inzwischen von einer kleinen, stämmigen, pausbäckigen Blondine erklommen worden war. Vor ihr lag ein leuchtend violetter Hut — der violette Hut, wie mir schien, aus dem orangen Kleinwagen, mit dem ich doppelt so schnell unterwegs gewesen wäre wie sie, selbst wenn ich ihn geschoben hätte. Zufälle gab es — andererseits, offenbar kamen wirklich alle in diese Disco. Ich musste das farbige

Prachtstück angestarrt haben, denn sie wandte sich mit lebhaften blauen Augen lachend an mich. „Entschuldigung, Sie haben hoffentlich nichts dagegen, dass ich mich neben Sie setze?"

Ich murmelte ein Nein, hatte aber gleichzeitig ein schlechtes Gewissen, weil ich vorhatte, sie möglichst schnell abzuwimmeln. Sie war sympathisch, aber nicht mein Typ, und da warteten so viele gertenschlanke, großgewachsene Frauen darauf, von mir zum Tanz aufgefordert zu werden. Wenn man der Werbung für mein Deodorant Glauben schenken durfte, würde es ohnehin bald eng um mich werden auf der Tanzfläche, denn ich hatte reichlich davon verwendet. Ich malte mir schon aus, wie willige Pheromon-Opfer um mich herumschlichen. Bis es soweit war, wollte ich zur netten Blondine neben mir nicht zu schroff sein und zumindest ein paar Sätze Smalltalk betreiben.

„Gehört Ihnen der nette orange Kleinwagen auf dem Parkplatz draußen?" So konnte ich gleich meinen Verdacht bestätigen.

„Ja", rief sie überrascht. „Woher wissen Sie das?"

„Oh, er ist mir gleich aufgefallen", log ich, „Ich finde, er passt sehr gut zu Ihnen." Ihre flinken Augen nahmen mich genauer ins Visier.

„Seltsam, das haben mir schon ein paar Leute gesagt", erklärte sie. „Aber heute ist mir damit etwas sehr Unangenehmes passiert."

Ich zuckte zusammen. Sollte sie mich doch im Rückspiegel gesehen und erkannt haben? Echt peinlich wäre das.

„Ich musste so niesen, dass mir meine Kontaktlinsen herausgefallen sind", berichtete sie, „Und ohne Kontaktlinsen sehe ich fast nichts. Ich bin ganz langsam im Blindflug heimgefahren, es ging nicht anders. Schrecklich, ich muss die Fahrer hinter mir tierisch genervt haben!"

Allerdings, dachte ich, aber ich sagte: „Na, zum Glück ist Ihnen nichts passiert!"

Doch ich sah den Vorfall nun in einem anderen Licht und die Blondine auch. Andererseits wollte ich meine Pläne deswegen nicht ändern. Ich drehte mich wieder zur Tanzfläche um und bemerkte zwei Brünette, die allein tanzten.

Jetzt sah ich meine Chance gekommen. Schon wollte ich vom Hocker springen und lässig auf die beiden zuschlendern, als sich eine Wahnsinnsfrau an mir vorbei zur Bar drängte und zwei Drinks bestellte.

Zwei Getränke – in dem Dusel, der mich überkam, erschien mir das überhaupt nicht verdächtig.

„Hey, du hast mich angerempelt, dafür darf ich dir aber einen Drink spendieren", krähte ich, um gleich zu bemerken, wie saublöd diese Anmache war.

Der höllisch gut aussehende Engel schaute mich nur fragend an.

„Wie?", schrie sie in meine Richtung.

„Ich würde dich gerne auf einen Drink einladen", plärrte ich zurück.

„Danke, aber ich hol gerade zwei für mich und meinen Freund."

„Was, der lässt dich sein Getränk holen? Das gäbe es bei mir nicht!"

„Du sitzt auch nicht im Rollstuhl", war die trockene Antwort.

Ich musste schwer schlucken und schaute etwas verwirrt in die Richtung, aus der sie gekommen war. Dort begegnete mir der prüfende Blick ihres Begleiters.

Abfuhren hatte ich schon viele kassiert, aber so blöd ins Fettnäpfchen zu treten war selbst für mich neu.

„Machen Sie sich nichts draus", lachte die Blondine, als ich mich betreten wieder umwandte. „Mir passiert das dauernd. Möchten Sie vielleicht tanzen?" Klang für mich wie der Beginn einer wunderbaren Freundschaft. Oder mehr.

Das Gewinnspiel

Angeblich sollte es helfen, 800, 900, 999 Schafe – aber ich war immer noch hellwach und schwitzte wie ein Schwein.

Natürlich hasste ich es, zu schwitzen. Besonders in der Nacht, denn ich wollte ja schlafen und nicht saunieren. Ich hatte auch getrennte Schlafzimmer immer prima gefunden. Es war mir ein Gräuel, wenn Frauen in heißen Sommern nachts angerobbt kamen, um zu kuscheln, und dabei so viel Wärme abstrahlten wie ein Kachelofen. Ihre ewig kalten Füße im Winter, das war eine andere Geschichte.

Ich knipste die Nachttischlampe an und schaltete das Radio ein. Vielleicht trug mich ja der sanfte Ton einer Klarinette ins Reich der Träume. Nachts um drei blieb man, so meine Hoffnung, von diesen Radio-Komikern verschont, die mir, dem an sich braven Staatsbürger, die Zahlung der Rundfunkgebühren zu einer besonders bitteren Pflicht machten. Am schlimmsten waren die moderierenden Spaßvögel, denen es gelang, jede Hit-Melodie mit ihren pseudowitzigen Texten lächerlich zu machen. Leider hatte sich meine Abneigung nicht bis zu ihnen herumgesprochen. Sie trieben hörbar zu jeder Zeit ihr Unwesen.

Soeben hatten sie ein Liedchen abmoderiert, das nie berühmt werden würde, und wurden vor lauter Einfallsreichtum ein wenig hektisch, als sie zum Tiefpunkt des Nachtprogramms überleiteten. Es ging um das total verrückte Gewinnspiel bei Morning-Mike und seiner Crazy Crew. Da durfte wahrlich kein Auge trocken bleiben.

„Hi Leute, hier ist euer Morning-Mike. Für alle, die nicht schlafen können, unser heutiges Gewinnspiel: Ihr kennt ja diese Beutel für Hunde, besser gesagt für Hundehaufen?"

„Sag doch gleich Hundescheiße", meinte der verrückte Heinz.

„Na, na, es könnten ja auch Kinder zuhören, sag lieber Hunde-A-A", meldete sich die nette Annette.

„Genau, und wer A-A sagt, muss auch B-B sagen", gab Morning-Mike seinen Senf dazu.

„Du nun wieder", gluckste die nette Annette. Alle fanden sich irrsinnig komisch und lachten, was das Zeug hielt, ich schwitzte immer noch, und vom Einschlafen war ich weiter entfernt denn je.

„Also nun", sagte Morning-Mike mit ernster Stimme. „Wenn ihr mit eurem Hund jetzt Gassi geht –"

„Es soll ja gar nicht so wenige geben, die das mitten in der Nacht machen", unterbrach Annette.

„Und man wird auch nicht nachts überfallen, denn man hat ja einen Hund dabei", warf der verrückte Heinz seine Pointe in den Ring. Dort verendete sie, denn Morning-Mike hatte es offenbar gar nicht gern, wenn er bei wichtigen Ansagen gestört wurde.

„Wenn ihr also mit eurem Hund Gassi geht", sagte er drohend, „sammelt die Hinterlassenschaft mit einem dieser ‚Gackerl-

Sackerln' ein und bringt sie bis spätestens sechs Uhr hierher in den Sender."

Hatte ich richtig verstanden? Diese Radio-Gremlins wollten, dass die Leute ihnen Hundescheiße auf den Tisch legten? Ich hatte nicht erwartet, dass man das Niveau einer solchen Sendung noch unterbieten konnte, aber sie hatten es geschafft.

„Exakt, Leute!", plärrte der verrückte Heinz in sein Headset, „Und wer den schwersten Haufen vorbeibringt, gewinnt!"
„Und zwar einen Euro", krähte Annette, „einen Euro für jedes Gramm, wir drücken euch viel Glück! Äh – ich meinte, wünschen euch die Daumen. Äh – nein, hihi..."
Sensationell, so machte man aus Scheiße Geld. Das konnten sie haben. Sie hatten

meine Schlaflosigkeit nicht nur verschlim-
mert, sondern verhöhnten mich auch noch.
Jetzt sollten sie ruhig dafür bezahlen.
Rein in die Hose und ab zur nächsten
Nachttankstelle.

„Was wollen Sie, Hundesackerln?", fragte
mich der Angestellte. „So etwas führen wir
nicht."
Ich sah, wie seine Hand unter der Theke
den Alarmknopf suchte. „Sie haben ja gar
keinen Hund dabei", sagte er skeptisch.
„Aber ich brauche unbedingt eines, in zwei
Stunden ist Abgabeschluss", japste ich.
„Abgabeschluss?" Er verstand mich nicht.
„Egal jetzt, haben Sie welche oder nicht?"
Der Angestellte schien mich nur noch
schnell loswerden zu wollen.
„Wie gesagt: nein. Aber wenn es so drin-

gend ist, gebe ich Ihnen eines von meinen, ich habe immer eine Rolle in der Tasche." Ich bedankte mich hastig und rannte mit dem Hundesackerl zum Auto.

Mein nächstes Ziel war der Park. Dort erwartete ich mir leichte Beute. Ich war überzeugt, dass es Hundehalter gab, die sich nicht an die Vorschrift hielten. Die würden ihre düstere Spur wahrscheinlich nicht genau unter den Augen jener ziehen, die sich so gern darüber aufregten.

Abseits der Laternen war es stockdunkel. Wie sollte ich schwarze Hundehaufen auf schwarzem Rasen finden? Taschenlampe hatte ich keine, aber mein Smartphone ließ sich so anknipsen, dass ich mit einem Lichtstrahl den Boden absuchen konnte. Hinter einem Dornbusch fand ich einen ordentlichen Haufen.

Ich besaß keinen Hund, und falls ich mir über die Gründe bisher nicht im Klaren gewesen sein sollte, wusste ich jetzt, warum. Aber ich wollte den Radio-Idioten unbedingt eins auswischen, wenn ich dafür auch noch Geld bekam.

Ich streifte den Plastiksack über die rechte Hand und griff zu. Der Haufen hatte fest ausgesehen, aber im direkten Kontakt war seine Beschaffenheit eher nachgiebig, eine diffuse Angelegenheit, Zeugnis zu reger Peristaltik. Ich hätte noch eine kleine Schaufel brauchen können. Wieder bestätigte sich, dass meine spontanen Entschlüsse kaum jemals von kühler Überlegung begleitet waren. Stattdessen wurde mir schlecht.

Das Gewicht meiner Beute lag bei etwa 300 Gramm. Das würde wohl noch nicht für den Sieg reichen, also suchte ich weiter. In einer abgelegenen Ecke des Parks belohnte ein elegant geformter Kotberg meine Geduld, eine Skulptur von einem Gackerl, die Frucht bedächtiger, ja phlegmatischer Hundeverdauung. Beinahe wäre ich darüber gestolpert. Das Problem war nun, den Haufen in das Sackerl zu bekommen, es war ja schon zur Hälfte gefüllt. Da fiel mir ein: In der Autoapotheke hatte ich Einmalhandschuhe. Ich rannte zum Wagen, denn die Zeit wurde knapp.

Mit einem Griff beförderte ich den Haufen in den Beutel, der jetzt randvoll war. Gut 600 Gramm, schätzte ich. Mehr konnte man aus einem Hund nicht herausbekommen, sagte ich mir, und es sollte ja realistisch wirken. Ich streifte den Handschuh ab und warf ihn in einen der Gackerl-Kübel am Wegrand, dann sprintete ich zum Auto.

Wie sollte ich den vollen Sack nun transportieren? In den Kofferraum wollte ich ihn nicht geben, da befanden sich noch die Äpfel, die ich am Vortag gekauft hatte. Ich legte den Sack also auf die Fußmatte des Beifahrersitzes und nahm mir vor, nur sehr behutsam zu beschleunigen und zu bremsen.

Ganz ließ sich das nicht einhalten. Warum ich zu schnell fuhr, wusste ich nicht, war es die Angst, den Termin zu verpassen, die vollkommen leere Straße oder die zunehmende Penetranz, mit welcher der Beutel meine Nase belästigte, obwohl doch die

Werbung versprochen hatte, man könne so einen vollen Sack bedenkenlos überall abstellen.

Ein Herr in Uniform winkte mich mit einer Taschenlampe an den Straßenrand, wo schon sein Kollege wartete.

„Entschuldigung, ich habe es eilig", sagte ich durch das heruntergelassene Fenster.

„Das haben wir gemerkt! Führerschein und Fahrzeugpapiere, bitte!"

Ich nahm den Führerschein aus dem Portemonnaie und hielt ihn dem Polizisten vor die Nase.

„Und?"

„Die Fahrzeugpapiere habe ich im Handschuhfach", sagte ich, etwas gereizt.

„Wunderbar, damit der Autodieb nicht lange suchen muss? Na, dann …"

Während ich mich ächzend hinüberbeugte, um die Zulassung aus dem Fach hervorzukramen, ging der andere Polizist zum Seitenfenster auf der Beifahrerseite und leuchtete mit seiner Lampe in das Wageninnere.

„Was haben Sie denn da in dem Plastikbeutel?", wollte er wissen.

Ich wusste nicht, ob es strafbar war, Hundekot durch die Gegend zu transportieren, als Zeichen völliger geistiger Gesundheit erschien es mir jedenfalls nicht.

„Hm …", druckste ich herum.

„Also bitte, was ist da drinnen? Wir können auch den Wagen genau durchsuchen, wenn Ihnen das lieber ist?"

„Hundescheiße", gestand ich.

„Sie fahren mit der Scheiße Ihres Hundes spazieren?"

„Ja, zum Tierarzt.“

„Um halb sechs Uhr in der Früh? Jetzt reicht's“, sagte der andere streng. „Steigen Sie bitte aus!“

Ich stieg aus.

Der Polizist auf der rechten Seite öffnete die Beifahrertür und begutachtete den Beutel.

„Puh, da ist ja wirklich Hundekot drinnen“, sagte er, nach Luft ringend, als er wieder hochkam.

„Sie fahren um halb sechs Uhr früh mit einem Sack voll Hundekot im Auto spazieren?“, fragte der andere.

Ich musste, wollte ich die Sache nicht noch mehr ausufern lassen, mit der Wahrheit herausrücken.

„Also gut! Im Hit-Radio gibt es einmal in der Woche in der Früh bei Morning-Mike ein

Gewinnspiel", sagte ich.

„Ja, ich hab schon davon gehört, die sind reichlich bescheuert und haben die idiotischsten Ideen", grinste der eine.

„Und heute geht es um den schwersten Haufen Hundescheiße", sagte ich.

Da tönte es aus dem Autoradio: „Also, Leute, ihr habt noch eine Viertelstunde Zeit, um uns eure Hundesackerln zu bringen! Bis jetzt liegt Susi mit ihrem Rambo mit 420 Gramm klar in Führung!"

Die beiden Polizisten konnten sich kaum noch halten vor Lachen. „Also, wenn diese Welt nicht verblödet ist, weiß ich auch nicht", sagte der eine.

„Hauen Sie schon ab, und viel Glück!", rief der andere.

Freispruch! Erleichtert fuhr ich los.

Ich stürmte in das Gebäude des Senders. „Wo geht es hier zum Gewinnspiel?", rief ich dem Empfang zu.

„Zweiter Stock, Zimmer 100", antwortete die Dame lakonisch.

Dort wurde ich von einer jungen Frau in Empfang genommen, die mich direkt ins Studio führte.

„Guten Morgen, ich bin Morning-Mike!"

„Ich die nette Annette!"

„Und ich der verrückte Heinz!"

So sah sie also aus, die irre Bande. Eigentlich ganz normal, Leute um die vierzig, die beiden Herren schon etwas angegraut mit dezenten Geheimratsecken, Annette sah eher wie eine Volksschullehrerin aus als wie eine durchgeknallte Radiogöre.

„Du kommst praktisch in letzter Minute, wir sind gleich wieder on air – und dann schauen wir, ob du den Rekord knacken kannst!"

Morning-Mike quatschte Chris Martin von Coldplay in die letzten Takte seines Liedes. „Leute, ob ihr's glaubt oder nicht, hier steht tatsächlich der letzte Kandidat mit seinem Beutel und will's wissen!"
„Und wir sind gespannt", verkündete die nette Annette.
„Aber zuerst zu unserem Kandidaten. Wie heißt du und wo kommst du her?", fragte der verrückte Heinz.
Das war mein Einsatz. Schnell wurden mir Kopfhörer aufgesetzt.
„Äh, Klaus aus Wampersdorf."
„Okay, Klaus, dann zeig uns einmal, was du mitgebracht hast."

„Oh, das sieht gewaltig aus, Leute, das wird spannend", jubelte Morning-Mike. „Es könnte eng werden für den bisherigen Führenden Rambo!"

„Womit fütterst du deinen Hund?", wollte der verrückte Heinz wissen.

Woher sollte ich wissen, was die beiden Köter fraßen, deren Haufen ich aufgesammelt hatte. Aber da ich nun schon so weit war, hieß es klotzen, nicht kleckern.

„Ich füttere grundsätzlich nur rohes Fleisch", log ich.

„Was hast du überhaupt für einen Hund, und wie heißt er?", fragte die nette Annette. Wo war ich hier, bei einem Gewinnspiel oder im Kreuzverhör?

„Wie? Eine Deutsche Dogge. Er heißt Johnny Cash", behauptete ich.

„Eine Dogge! Das erklärt den Riesenhaufen", dozierte Morning-Mike. „Ich schmeiß das Ding einmal auf die Waage. Wahnsinn! Wir haben einen Sieger, Leute! Klaus aus Wampersdorf mit Johnny Cash bringt uns sagenhafte 548 Gramm!"

Tusch!

„Herzlichen Glückwunsch!" Morning-Mike zählte mir tatsächlich 548 Euro auf den Tisch.

„Leute, das war's, morgen könnt ihr den Sieger mit seinem Johnny Cash auf unserer Webseite bewundern, und tschüüüss!", trompetete Morning-Mike, und seine Crew fiel auf das Stichwort mit ein: „Bis morgen! sagen: der verrückte Heinz" – „und die nette Annette!"

„Wir sind raus!", hörte ich den Sendeleiter über den Kopfhörer sagen.

Morgen, Website, bewundern, ich verstand nicht recht.

„Wo ist denn eigentlich dein Johnny Cash?", wollte Morning-Mike wissen.

Ich ging auf Nummer sicher.

„Der ist zuhause und schläft."

„Ach so! Na, dann hol' ihn schnell her, wir möchten doch den Sieger ins Bild setzen."

„Ich kann nicht schnell wieder da sein", wandte ich ein, „Ich arbeite ab acht Uhr. Ich kann erst wieder nach Feierabend zu euch kommen."

Bis dahin hatte ich sicher jemanden aufgetrieben, der mir für zwei Stunden seine Dogge leihen konnte. Morning-Mike runzelte die Stirn. Man sah ihm direkt an, wie angestrengt er nachdachte. Dann: „Kein Problem. Dann fährt Annette am besten gleich mit dir und schießt dort ein Foto vor Ort."

Das hatte ich nicht bedacht, und es passte mir gar nicht.

„Das ist jetzt ein bisschen hektisch", gab ich zu bedenken, „Ich würde gerne noch in Ruhe frühstücken, bevor ich ins Büro gehe."

Das ließ Morning-Mike nicht gelten.

„Zehn Minuten für das Foto, mehr braucht es nicht", befahl er. „Für einen Stundenlohn von ...", er rechnete, „... über 3000 Euro doch sicher kein Problem für dich, Klaus!"

„Wir machen das schon", sagte die nette Annette und schob mich zur Tür hinaus. Ich dachte verzweifelt nach, doch spontan fiel mir niemand ein, der eine Deutsche Dogge besaß.

„Wohin fahren wir denn?", flötete sie.

Gute Frage, ich hatte keine Antwort.

„Hast du deinen Hund schon lange?"

Sie konnte anscheinend nicht nur vor dem

Mikrofon ihren Mund nicht halten und wollte unbedingt Small Talk betreiben, während wir Richtung Auto gingen. Fieberhaft suchte ich nach einem Ausweg aus der Geschichte.

„Wie kommst du eigentlich wieder von Wampersdorf zurück in die Stadt?"

Das war's, so konnte ich ihr entkommen. Annette schien das Problem zu begreifen.

„Dann zeig mir, wo dein Auto steht, ich hole meins und fahre dir dann nach", entschied sie. Langsam näherten wir uns meinem Auto. Es war nicht schwer zu erkennen. Einsam und verlassen stand mein Austin Mini auf dem riesigen Parkplatz.

„Der! Und wie kriegst du Johnny Cash in dieses Auto?", fragte Annette erstaunt. Es wurde mir jetzt zu dumm. Eigentlich hatte ich einfach abfahren wollen, während

Annette ihr Auto holte, aber plötzlich kam mir diese Lösung ziemlich armselig vor. Ich wollte ja schließlich mit der ganzen Aktion auch eine Botschaft übermitteln.

„Weißt du was? Ich habe gar keinen Hund. Ich habe die Scheiße im Park gesammelt und euch auf den Tisch geknallt. Eure kranken Spielchen und Comedys gehen mir unglaublich auf den Geist. Und lernt endlich ordentliche Sätze zu sprechen, nicht ständig dieses stupide ‚oh', ‚äh', ‚hihi', ‚A-A' und ‚B-B'!"

Entschlossen entriegelte ich die Türen. „Wie jetzt, du hast gar keinen Hund?", staunte die nette Annette.
Offensichtlich brauchte sie eine Weile, um diese Eröffnung intellektuell zu verarbei-

ten. So lange konnte ich nicht warten. Ich stieg ein, startete den Motor und gab „Gummi", äh, Vollgas. Hihi.

Flirt-Line

Für mich gab es nichts Schöneres, als morgens von wärmenden Sonnenstrahlen geweckt zu werden. Na ja, fast nichts. Wenigstens an normalen Tagen. Das Dumme daran war nur, das Vergnügen dauerte nie lang.

Ich machte mich deshalb wieder auf zu meiner Mission „Wildes Singleleben", um eine Alternative zu finden, die mich aus dem Schlaf holen konnte. Diesmal zum Date mit Veronika. Ich hatte sie wieder auf Finya gefunden, einem beliebten Datingportal, dem ich schon einige Begegnungen der unterschiedlichsten Art verdankte. Veronika hatte mich in ein kleines Städtchen bestellt, zwei Autostunden entfernt. Malerisch sah es aus, Fachwerkhäuser, gepflegte, bunte Vorgärten und kleine Geschäfte und Handwerksbetriebe.

Ich konnte mir schlimmere Orte vorstellen, um alt zu werden. Vielleicht konnte ich hier eine Werbeagentur eröffnen und Veronika würde unsere Kinder im Fachwerkhaus … „Stopp!", rief ich mich zur Ordnung, ich durfte auf keinen Fall gleich größenwahnsinnig werden, nur weil mich eine Veronika im Internet angeflirtet hatte, auch wenn das so offen nicht allzu oft vorkam.

Mir fiel auf, dass mir noch drei Stunden Zeit bis zum Date blieben. Veronikas Avancen, oder was ich dafür hielt, hatten Wirkung gezeigt. Sonst spielte ich auf cool, hatte mich sogar schon einige Male mit Zuspätkommen interessant gemacht oder auch nicht, je nach Blickwinkel. Aber was jetzt? Nichts war für mich schlimmer, als zu warten, weil dann das Kopfkino losging und immer wirrer wurde. Doch wenn der entscheidende Augenblick kam, war ich ganz ruhig.

Ich bummelte durch die engen Gassen der Altstadt. Die mittelalterlichen Häuser schienen sich über das holprige Steinpflaster zu beugen, ein paar Läden versteckten sich hinter engen Fenstern und festen Türen mit schmiedeeisernen Beschlägen, darunter das Café „Malu", in dem wir uns treffen sollten, und eine Buchhandlung direkt daneben. Buchläden zogen mich ohnehin magisch an, und dieser kam genau recht, um mir die Zeit bis zum Date zu vertreiben. Im hinteren Teil gab es ein Antiquariat, und ich stöberte gerade in klassischer und sonstiger erotischer Literatur herum, als ich plötzlich dicht hinter mir eine Stimme hörte.

„Na, fündig geworden?"

Erschrocken drehte ich mich um.

„Veronika", sagte sie grinsend.

Ich erstarrte, denn ich hielt gerade einen einschlägigen, reich bebilderten Ratgeber in der Hand.

Wie sollte ich mich verhalten, so tun, als hätte ich sie nicht erkannt, oder einfach wegrennen?

Ich entschied, mich der Wahrheit zu stellen.

„Veronika? Die Veronika von Finya?"

„Kennst du so viele Veronikas?", lachte sie.

„Nein, natürlich nicht", murmelte ich.

Aber woher komme sie so plötzlich, fragte ich sie dann. Und wie hatte sie mich so leicht erkannt?

„Ich habe voriges Jahr begonnen, diesen Laden einzurichten, bin hierhergezogen und habe die Buchhandlung vor zwei Monaten eröffnet.“

Sie sah mich aufmerksam an.

„Du warst so anständig, nicht ein Bild von vor 20 Jahren als dein Dating-Porträt zu benützen“, grinste sie dann. „Das finde ich schon einmal bemerkenswert. Außerdem, soviele Fremde kommen um diese Zeit nicht her, und wir sind schließlich nebenan verabredet.“

Ich bewunderte ihre Logik, sagte aber nichts.

„Aber jetzt, wo wir schon soweit sind, wird es langsam Zeit für unser offizielles Date. Komm, ich schließe den Laden und wir gehen hinüber ins Malu“, drängte sie, wobei sie lachte.

Das Malu war bis auf zwei Tische voll be-
legt. Zum Glück hatte ich vorsichtshalber
reserviert.

„Hi, Lucas!", rief Veronika dem Mann hinter
der Theke zu. „Hast du mir meinen Tisch
freigehalten?"
Der Mann entblößte zwei Reihen blendend
weißer Zähne.

„Na, logisch", strahlte er.
Wir gingen zum freien Tisch beim Fenster,
auf den er gezeigt hatte. Mein Schild „Reserviert" auf dem Nebentisch ignorierte ich.

Veronika sah phänomenal aus.
Nicht etwa, weil sie einen extra kurzen Mi-
nirock und tief dekolletiertes Oberteil an-
gehabt hätte. Im Gegenteil. Mit den engen
Jeans und einem dazu passenden Sweat-
shirt wirkte sie angenehm normal, aber

trotzdem sexy. Einfach hübsch.

Keine Liebe auf den ersten Blick, aber wir hatten ja noch Zeit, weitere Blicke auszutauschen.

Als uns Lucas die Karten brachte, meinte sie: „Hast du so etwas schon einmal gemacht?"

„Was zu trinken bestellt?"

Sie musste lachen.

„Haha, du Witzbold ... Nein, ich meinte, eine aus dem Internet getroffen?"

Wer die falschen Fragen stellte, war selber schuld.

„Ich bin erst kurz auf Finya, sozusagen ein Frischling", erklärte ich. „Und du?"

„Es waren schon einige Dates."

Aha. Veronika ließ mich, den Frischling, wissen, dass bei so einem Date gewisse Spielregeln galten: Anfänglich etwas Small-

talk über das Lokal, dann über die Speise-
karte und die bevorzugten Getränke. Dann
erzählte jeder etwas über sich, Ausbildung,
Beruf, Herkunft und was man noch alles so
vorhatte im Leben. Wenn man sich bis dahin nicht schon langweilte, käme der philo-
sophische Teil dran, Leben, Gott und die
Welt – nein, Religion solle man doch besser
weglassen.

„Was hältst du davon, wenn wir uns eine
große Käseplatte mit frischem Ofenbrot
und Feigensenf teilen?", fragte ich sie nach
einem Blick in die Karte, um den zweiten
Punkt der Dating-Themenliste gleich abzu-
arbeiten.

„Prima Idee!" Sie runzelte nun ein wenig
die Stirn, es schien mir, als wolle etwas
heraus, dessen Wirkung sie nicht richtig
abschätzen konnte. Dann sagte sie: „Wenn

ich deinem Profil Glauben schenken darf, schreibst du Werbetexte."

„Dem kannst du ruhig Glauben schenken", grinste ich.

„Kann man davon leben?"

Ich sah knapp an ihr vorbei.

„Na ja. Mehr schlecht als recht."

Veronika erzählte, dass sie Betriebswirtschaftslehre studiert habe. Erst wollte sie bei einem Betrieb anfangen, doch als sie die Chance bekam, sich selbstständig zu machen, nutzte sie sie. Wir gingen nach und nach ihre Liste durch und lachten und alberten dabei, bis uns der Käse aus dem Mund fiel.

Lucas kam an den Tisch: „Ihr Lieben, wir schließen gleich!"

„Schon?"

„Tut mir leid. Ich bin seit 6 Uhr früh auf den Beinen."

„Wie wäre es dann, wenn du uns noch eine Flasche Rotwein und eine Flasche Wasser bringst, damit wir drüben bei mir nicht auf dem Trockenen sitzen? Oder willst du schon nachhause", wandte sie sich an mich.

„Nein, bin dabei."

Im Laden öffnete sie eine Tür, an der „Privat" stand. Der Raum dahinter entpuppte sich als eine Art Wohnzimmer, nett und gemütlich eingerichtet, fand ich.

„Nimm Platz, ich schau nach, ob ich noch etwas zum Knabbern habe", meinte Veronika. Ich machte es mir auf der Couch bequem. Sie kam mit einer ganzen Packung Erdnusschips und einer angebrochenen mit Schokoladebonbons zurück.

„Her damit, genau mein Geschmack", lachte ich.

„Magst du das auch so gerne, nach ein paar salzigen Flips ein Schokobonbon hinterher?"

„Ich finde, wir sollten heiraten", erwiderte ich.

„Wenn dir eine Frau Snacks bringt, stehst du schon in Flammen?"

„Wir Männer sind eben ganz einfach gestrickt!"

„Und leicht zu haben, ich weiß. Aber jetzt ehrlich. Wir wissen ja beide, warum wir hier sitzen. Wie fandest du den Abend bisher?"

Mensch, was für eine fiese Frage.

„Also gut, ich fühle mich schon die ganze Zeit über sehr wohl, besonders jetzt auf der Couch. Kaum zu glauben, dass der Abend schon fast um ist." Sie machte ein unglaublich freundliches Gesicht und betrachtete mich dabei wie eine nachdenkliche Katze eine Feldmaus.

„Ich finde dich hübsch und witzig", fuhr ich zögernd fort, „Aber Liebe auf den ersten oder zweiten Blick war es nicht. Enttäuscht?"

Veronika sagte nach einer kurzen Pause: „Geht mir genauso, aber wir sollten das hier unbedingt wiederholen."

„Du meinst, es könnte der Beginn einer wunderbaren Freundschaft werden?"

„Vielleicht?"

Ich hob mein Glas.

„Auf die Freundschaft!" Wir stopften uns weiter mit Chips und Bonbons voll und philosophierten, der letzte Punkt auf Veronikas Themenliste.

„In sieben Stunden muss ich schon wieder

öffnen", stöhnte Veronika plötzlich nach einem Blick auf die Uhr. Wir räumten schnell noch gemeinsam auf, sie schloss ab und wir gingen zum Parkplatz. Unsere Autos standen direkt nebeneinander – Zufall.

In unserer Abschiedsumarmung steckten mehr als nur acht Stunden Vertrautheit. Auf eine undefinierbare Weise glücklich und beschwingt fuhr ich nachhause.
Gegen sechs Uhr fiel ich hundemüde ins Bett. Ich machte mir nicht einmal die Mühe, die Kleider auszuziehen.

Der anbrechende Tag musste ohne mich auskommen.

Eifersucht

Ich stand auf dem Balkon, hatte mein Feierabend-Bier fest im Griff und starrte in
den wilden Nachthimmel.
Gerade ging über Wien ein Gewitter nieder.

Es musste doch eine Möglichkeit geben,
einen Keil in die Beziehung zwischen Robert
und Anna zu treiben.
Gut, die Sache mit der fingierten Postkarte
hatte zwar kurzfristig für Verstimmung ge-
sorgt, aber zur Trennung war es nicht gekommen.

Diesmal musste es effizienter sein. Anna
musste endlich ein Haar in der Suppe finden. Ein dickes, so unübersehbar und un-

appetitlich, dass sie nicht mehr darüber hinweggehen konnte. Und dann fiel mir ein: Haar war das Stichwort, das ich suchte. Ich plante ohnehin einen Frisörbesuch. Dort würde ich wohl Frauenhaare für meine Intrige finden.

„Die Herrenabteilung wird im Moment renoviert, aber wenn es Sie nicht stört, können Sie dort neben der Dame Platz nehmen", empfing mich der Meister und deutete in den hinteren Teil des Lokals. Das störte mich überhaupt nicht, im Gegenteil, es erleichterte mein Vorhaben, zumal dort eine junge blonde Frau ihre schönen langen Haare gerade gegen eine praktische Kurzhaarfrisur tauschte, wie ich mitbekam. Ich machte es mir auf dem Stuhl neben ihr bequem und sah verstohlen zu ihr hinüber.

Schöne, kräftige, goldblonde Strähnen fielen auf das abgetretene rote Linoleum, eine um die andere. Ich verstand es nicht, aber ideal für mich, ich musste die Haare nur noch einsammeln.

Wie konnte ich das unauffällig tun?

„Mit Waschen?"

„Wie bitte?"

„Ob die Haare auch gewaschen werden sollen?", fragte mich eine junge Frisöse, die plötzlich hinter mir stand.

„Ja, ja, genau, Waschen!"

Vielleicht ergab sich dabei eine Gelegenheit. Sie legte mir den Umhang um und zog die Halskrause fest, wie sie es offenbar unlängst gelernt hatte. Sie unterbrach kurzzeitig die Blutzufuhr zu meinem Gehirn mit ihrer verdammten Halskrause.

Als sie kurz nach vorne zum Waschbecken

trat, ging ich zu Boden und tat so, als wäre mir mein Handy aus der Tasche gefallen. Nicht sehr originell, aber mir fiel gerade nichts Besseres ein.

Ich rutschte ein wenig auf den Knien herum und tastete unter meinem Umhang hastig nach einer passenden Haarsträhne, fand eine und steckte sie in die Hosentasche.

Natürlich blieb meine Tat nicht unbemerkt. Ich hatte mich so ungeschickt angestellt, dass der Umhang verrutscht war und keinen Sichtschutz mehr bot. Und die Strähne hatte ich nur zur Hälfte in der Tasche versenken können, sie war noch deutlich zu sehen.

Als ich mit hochrotem Gesicht wieder hochkam, schaute mich die Frisöse missbilligend an.

„Sie hätten auch ruhig fragen können!"

„Wie?"

„Die Haare, die Sie aufgehoben haben, brauchen Sie die für etwas Besonderes — einen Marder verscheuchen? Sie können gerne mehr haben."

„Dazu braucht man Tierhaare, von Katzen oder Hunden, glaube ich", stotterte ich kleinlaut.

„Wofür brauchen Sie die Haare denn dann?", bohrte sie weiter.

Eine Ausrede musste her.

„Theater! Ich spiele Theater in einer Laienspielgruppe — und in unserem neuen Stück wird jemandem ein Büschel Haare ausgerissen", flunkerte ich.

„Hoffentlich nicht aus Eifersucht", lachte sie. Ich grinste säuerlich. Irgendwie fühlte ich mich ertappt.

Zuhause begutachtete ich meine Beute. Ich zählte mehr als hundert lange, blonde Haare und war zufrieden.

„Robert, pack schon einmal die Umzugskoffer", frohlockte ich innerlich.

Wenn man sie reizte, war Anna durchaus imstande, jemanden, bei dem sie lebte, aus seiner eigenen Wohnung zu werfen.

Am nächsten Morgen legte ich mich hinter meiner Eingangstür auf die Lauer. Robert verließ die Wohnung, die einen Stock höher lag, immer um dieselbe Zeit. Da unser Haus keinen Aufzug hatte, musste er an meiner Tür vorbeikommen. Robert war der typische Beamte, man konnte nach ihm die Uhr stellen. Punkt acht hörte ich oben die Tür ins Schloss fallen. Heute war Dienstag, und Anna hatte, das wusste ich, jeden Dienstag

Waschtag. Jetzt galt es zu warten, bis Anna mit der Schmutzwäsche in die Waschküche in den Keller ging.

Es war immer gut, die Gewohnheiten seiner Ex zu kennen. Schon während unserer gemeinsamen Zeit hatte sie des Öfteren die Tür nicht zugezogen, wenn sie kurz die Wohnung verließ, und ich hoffte darauf, dass sie diese Gewohnheit nicht aufgegeben hatte, seit sie bei dem Arschloch oben – das war jetzt mein Name für ihn – eingezogen war.

Diesmal schien sie sich besonders viel Zeit zu lassen und ich war kurz davor, aufzugeben, als ich schließlich doch ihre Schritte hörte, ihr seltsam vertrautes Stupfen der Hausschuhe auf dem Stein, tapp, tapp, tapp. Vorsichtig öffnete ich die Tür, als Annas Schritte kaum mehr zu hören waren.

Sie musste jetzt den Keller schon erreicht haben. Es gab kein Zögern, ich musste handeln, und zwar fix. Ein Zeitfenster von fünf Minuten , höchstens.

Ich hatte Glück. Die Tür war offen, wie erhofft.

Es war ein beschissenes Gefühl, plötzlich in den Räumen zu stehen, in denen sie nun mit einem lebte, der für mich einmal ein sehr guter Freund gewesen war.

Ich fand das Schlafzimmer. Dort wollte ich die Haare deponieren. Ich stand vor dem zerwühlten Bett. Besonders ordentlich war Anna nie gewesen. Wie sie mit dem Arschloch klarkam, diesem anal fixierten Pedanten, war mir ein Rätsel. Sich vorzustellen, wie die beiden es miteinander trieben, war bisher schon schlimm gewesen, nun würde es mir wohl noch mehr schlaflose Nächte und Alpträume bescheren.

Hastig begann ich die Haare zu verteilen. Ich hob die Kopfpolster an und drapierte ein paar davon auf das Leintuch. Als Nächstes öffnete ich die Schrankwand und hielt weitere Haare bereit, um Roberts Sakkos damit zu dekorieren. Dabei übersah ich eine Schatulle aus Blech, die ich so unglücklich zur Seite schob, dass sie scheppernd auf den Boden fiel und der Deckel aufsprang.

„Scheiße!"

Schnell hob ich sie auf, sie enthielt Fotos, Fotos von Anna und mir aus unserer gemeinsamen Zeit. Ich frohlockte. Hatte sie mich doch nicht vergessen?

„Noch bin ich da, Robert", sagte ich zu seinem schwarzen Anzug. Auf dem hätten sich blonde Haare sehr gut gemacht, aber ich war mir nicht sicher, wann er ihn zum letzten Mal getragen hatte. Es sollte ja glaubwürdig sein.

Behutsam stellte ich die Schatulle an ihre Stelle zurück. Zu gerne hätte ich mir den Inhalt näher angesehen, aber die Zeit wurde knapp.

In Windeseile verteilte ich, wie beabsichtigt, Haare auf Roberts Jacketts.

Sollte das jemals rauskommen, was ich hier veranstaltete, würde ich mit Sicherheit nicht nur der Polizei vorgeführt werden, sondern auch einem Psychiater.

Da hörte ich, wie die Eingangstür ins Schloss fiel.

Hätte ich mein morgendliches Geschäft nicht schon verrichtet, dann hätte ich mir mit Sicherheit jetzt in die Hose gemacht.

Wohin, wohin?

Aus dem Fenster springen, vom dritten Stock aus? Keine Option. Also blieb nur die Konfrontation mit der Wahrheit und all ihren Folgen, oder die Schrankwand, wie originell. Die würde es wohl werden. Wenigstens war ich nicht nackt, wie die Liebhaber in diesen abgeschmackten Witzen.

Eingepfercht zwischen den Klamotten des Arschlochs und Annas Unterwäsche — seit wann trug sie eigentlich Strapse? — hörte ich Anna in der Küche ein Lied trällern.

Langsam wurde mir die Luft knapp, außerdem hatte ich Platzangst. Da läutete das Telefon. Es hörte sich nach Robert an, als Anna mit dem Schnurlostelefon immer näher kam.

„Wo hast du das Kuvert liegen gelassen?", fragte sie. „Nein, auf dem Wohnzimmertisch war nichts."

Kurze Pause, Robert schnatterte etwas. „Ich schau einmal in das Sakko, das du gestern anhattest", sagte sie, schon direkt vor mir.

Ich schloss die Augen und hielt die Luft an. Mein Leben zog im Eilzugstempo an mir vorbei, aus, das war's. Wenn sie mich entdeckte, konnte sie mich ebenso gut erschießen. Oder ich mich. Die nächsten Sekunden war ich in einem seltsamen Zustand zwischen Panik und vollkommener Ruhe. Plötzlich lachte sie.

„Ah, hier liegt es! Vermutlich hast du es auf dem Nachtkästchen abgelegt, als du das Sakko ausgezogen hast! – Ja, okay, ich bringe den Brief gleich zur Post."

Er brabbelte etwas.

„Ich dich auch", flüsterte sie.

Es war, als stieße man einem ohnehin schon Toten noch ein Messer in die Brust. Ich spürte nichts mehr. Irgendwann fiel die Wohnungstür wieder ins Schloss. Anna hatte offenbar die Wohnung verlassen, um zur Post zu gehen.

Ich kletterte aus der Schrankwand und wankte, ohne nach links und rechts zu schauen, zurück in meine Wohnung.

Wieder ging ein Gewitter über Wien nieder. Ich stand auf dem Balkon, umklammerte mein Feierabend-Bier und stierte in den Nachthimmel. Am nächsten Tag hatte ich meine erste Sitzung beim Psychiater.

Die Eisbude

Etwas hatte mich aus meinen Träumen gerissen. Langsam ordneten sich meine Sinne wieder.

Vom See her kam vergnügtes Gekreische. Dabei hatte ich diese Hütte am See gemietet, um endlich in Ruhe meinen Roman beenden zu können. Doch etwa fünfzig Meter von dem Steg entfernt, der vom Grundstück zum Wasser führte, gab es eine öffentliche Badestelle mit einem kleinen Strand und einer Bude, wo man Eis und andere Erfrischungen kaufen konnte.

Ein Stück draußen auf dem See schwamm eine künstliche Badeinsel. Bei diesem Wetter mitten im Sommer konnte man leider nicht erwarten, dass hier weniger los war als am Samstagabend in der Dorfdisco.

An diesem Tag hatte ich noch keine einzige Zeile zuwege gebracht. Der strahlend blaue Himmel und die einschläfernde Wärme der Luft ließen mir auch wenig Hoffnung, und ich beschloss, es mir stattdessen auf der Wiese vor dem Haus bequem zu machen und den Wolken auf ihrer Reise zuzusehen. Doch nun brannte auch noch die Sonne auf mich herunter. Ich brauchte dringend eine Abkühlung und ging langsam zurück ins Haus, um meine Badehose anzuziehen. Dabei streifte mein Blick das Treiben am kleinen Strand.

Da fiel er mir auf...

René schwamm mit zügigen Tempi auf das Ufer zu. Er hatte sich abseits von den anderen einen Platz für sein Handtuch gesucht und machte im Wasser einen Bogen um die fröhlich plätschernden Jugendlichen.

Er hasste alles Junge, Schöne, Unbeschwerte, diese ganze Spaßgesellschaft mit ihrer dummen Gedankenlosigkeit. Es waren sinnlose Existenzen für ihn. Aber er wollte unbedingt ein Eis.

Spielend und lärmend bevölkerte eine Schar junger Leute den Strand. René drängte sich durch die ständig stänkernden Jugendlichen. „Gott, wie ich das hasse", sagte er zu sich.

An der Eisbude tat sich einiges. Natürlich brachte niemand vor dem Verkaufsstand die Disziplin auf, sich anzustellen, es galt das Recht der Frecheren, die sich vordrängten. Eines der Mädchen stand etwas abseits von ihren Altersgenossinnen, die sich kichernd und kreischend durch den Haufen wühlten. Es sah so aus, als würde sie ohne Hilfe nie an ihre Erfrischung kommen. Er hatte sein Opfer gefunden. René stellte sich wie zufällig zu ihr hin, nahm aus einem wasserdichten kleinen Behälter, den er an einem Band um den Hals trug, Geld und sagte lächelnd zu ihr: „Sieht so aus, als würden die dir nicht viel übrig lassen!" Das Mädchen antwortete nicht, verzog nur zustimmend den Mund.

„Ich hol mir jetzt ein Eis. Welches magst du?" Sie sagte es ihm. Er gebärdete sich als der Frechste von allen und kam nach kurzer Zeit mit zwei Eisstengeln zu ihr zurück. Geschickt lockte er die Auserwählte noch weiter von den anderen weg. Dabei fand er heraus, dass sie Nina hieß. Nachdem sie ihr

Eis verzehrt und sich eine Zeitlang in der Sonne geaalt hatten, fragte er: „Wollen wir ins Wasser gehen?"

„Gerne! Wer früher auf der Insel ist", lachte sie und lief los.

René war ein ganz guter Schwimmer, aber Nina war schneller und wartete schon auf ihn.

„Na, auch schon da?", spottete sie. Nina schien immer mehr Gefallen an René zu finden. Er war völlig außer Puste und kletterte keuchend auf die Plattform. „Du hast gewonnen", hechelte er und ließ sich erschöpft auf die Planken fallen.

Doch kaum hatte sie es sich neben ihm bequem gemacht, schnappte er sie und warf sie ins Wasser, um gleich hinterherzuspringen. So tobten und alberten sie eine Weile herum. Immer, wenn einer versuchte, sich an der Leiter festzuhalten, tauchte ihn der andere unter. Sie kamen sich dabei zwangsweise so nahe, dass René öfter, immer weniger versehentlich, ihr Bikinioberteil streifte, bis es schon ziemlich verrutscht war. Sie versuchte es geradezurichten, kam aber nicht dazu, denn immer wilder und gröber wurden seine Griffe. Als Nina wieder einmal prustend hochkam und japste, er solle nicht so grob sein, packte er sie am Hals und tauchte mit ihr unter. Immer fester drückte er zu. Ninas Augen schienen aus den Höhlen zu quellen, sie strampelte und wehrte sich mit Leibeskräften, aber René ließ nicht locker, bis ihr Körper in seinen Händen erschlaffte...

Zufrieden klappte ich meinen Laptop zu: „Geschafft!"

Ein wahrer Freund

Robert und ich verließen das Fitnessstudio und machten uns auf den Weg in unser Stammlokal.

Das Phönix war eine Mischung aus Restaurant und Café-Bar. Dunkle Holzmöbel, in der einen Hälfte des Raumes standen die Tische etwas erhöht auf einem Podest, da und dort getrennt durch künstliche Pflanzen, die die düstere Einrichtung etwas auflockerten. Die Wände waren mit Werbetafeln aus Blech und Fotos von Künstlern aller Metiers zugepflastert, man sollte wohl meinen, die seien alle hier gewesen. Alles in allem nicht gerade eine Augenweide. Aber das Essen! Eine glatte Eins, immer sorgfältig zubereitet mit frischen Zutaten.

„Ah, die Sportler!", begrüßte uns Arsam, der iranische Wirt. Er wusste, dass wir immer versuchten, im Fitnessstudio etwas Gewicht zu verlieren, bevor wir zu ihm kamen, und auch, dass wir diesen Verlust bei ihm zuverlässig wieder ausgleichen würden.

Die Küche war vorwiegend italienisch, vielleicht deswegen so gut – das beste Wiener Schnitzel habe ich übrigens einmal bei einem Griechen gegessen. Die goldbraunen Wellen der Panier waren so perfekt gewesen, dass man glaubte, bei Sonnenuntergang auf die Donau zu blicken.

„Hey, Arsam, alles klar?", rief ihm Robert zu, ich winkte kurz hinüber, während wir unseren Stammplatz ansteuerten.

„Susi kommt gleich mit der Karte", rief er

uns nach. Susi, das war die bildhübsche Kellnerin.

„Hallo, ihr zwei, braucht ihr überhaupt die Karte? Ihr nehmt doch sicher dasselbe wie immer?", fragte sie lachend, als sie an unseren Tisch trat. Natürlich nahmen wir wieder dasselbe, Robert eine Pizza Quattro stagioni und ich eine Pizza Margherita mit vielen Sardellen, dazu zwei Krügel Bier, wir mussten ja schließlich auch unseren Flüssigkeitsverlust wieder auffüllen.

Susi brachte das Bier. „Die Pizzen dauern noch", meinte sie überflüssigerweise.

„Na dann!" Wir hoben die Krüge und prosteten uns zu.

„Das zischt", sagte Robert, nachdem wir den ersten Schluck getan hatten.

„Sag, was anderes", setzte er dann mit etwas gedämpfter Stimme fort und sah sich um, ob Susi nicht in der Nähe war.

„Wie willst du denn jetzt deiner neuen Flamme Jessica an die Wäsche gehen?"

„An die Wäsche?", fragte ich überrascht.

„Ja, wie ist deine Planung für die Erstbesteigung des Mount Jessica?", grinste er. „Lass mich raten, du läufst wieder in die ‚Nur Freunde'-Falle?"

Robert war ein guter Kumpel, aber Fettnäpfchen zog er an wie ein Magnet Eisenspäne. „Quatsch", wehrte ich ab. „Mein Pech ist, ich verliebe mich immer in Frauen, die schon vergeben sind."

„Jessica ist auch vergeben?"

„Keine Ahnung, habe sie erst zweimal getroffen."

Ich linste hinüber zum Kücheneingang und sehnte Susi mit den beiden Pizzen herbei.

„Dann gib doch nicht gleich auf – ein bisschen was geht immer. Es sei denn, du nimmst die Abkürzung in die Freunde-Falle und spielst den Netten."

„Ich bin einfach nett. Irgendein Gen fehlt mir anscheinend in meiner DNA."

„Ja, das Arschloch-Gen! Ich versuche dir seit Jahren vergebens ein schlechtes Vorbild zu sein", lachte Robert.

Nach einer kurzen Pause sagte ich, keine Ahnung warum, denn ich wusste, was kommen würde: „Außerdem habe ich ein zweites Eisen im Feuer."

„Wow", spottete Robert. „Wen? Am Ende die aus der Trafik mit der schiefen Nase?"

„Sie heißt Anna Lena. Ich hab sie auf einem Seminar kennengelernt."

„Du entwickelst dich ja zum Womaniser. Hast du ihre Telefonnummer?"

„Na klar, hab ich."

„Hast du sie schon angerufen?"

„Nein."

„Wann siehst du sie wieder?"

„Keine Ahnung."

Robert schüttelte den Kopf. „Ja glaubst du denn, sie läuft dir einfach über den Weg?"

„Schon passiert", sagte ich triumphierend. „Bei der ‚Langen Nacht der Museen' im ‚Alt-Wiener Schnapsmuseum'. Ich glaube eben an das Schicksal."

Robert verschluckte sich am Rest von seinem Bier und konnte sich kaum auf dem Stuhl halten vor Lachen.

„Das war wohl eher eine Schnaps-Idee! Das ist ja vielleicht ein Blödsinn, haha!"

„Wir wollten ja irgendwann etwas gemeinsam unternehmen, das haben wir uns ausgemacht", verteidigte ich mich. Roberts

Frohsinn konnte einem auch gehörig auf die Nerven gehen.

„Du bist ein Träumer", konstatierte er, nachdem er sich erholt hatte. „Unverbesserlicher Optimist! Aber dein Glas ist nicht halb voll, sondern staubtrocken, und meine Kehle übrigens auch.

„Susi!" Wir bestellten noch eine Runde. Kurz vor zehn brachte uns Susi die Rechnung. Es war natürlich die selbe Summe wie immer. In der Nacht träumte ich davon, den Mount Jessica zu besteigen.

Gerade als ich nach ihren Brüsten griff, um mich hochzuziehen, stürzte ich in eine tiefe Schlucht. Irgendjemand musste am Karabinerhaken herumgefummelt haben.

Januar

Wenn ich einen Monat hasste, war es der Januar. Ein richtiger Scheißmonat.

Draußen Kälte und Tristesse, meist nicht weiß wie in Bilderbüchern, sondern schmutziggrau. Drinnen Trostlosigkeit nach dem Stress von Weihnachten und Silvester. Gerade hatte noch alles festlich geglitzert, die Straßen waren geschmückt, auf den Weihnachtsmärkten konnte man sich den Bauch vollschlagen und Alkohol trinken, ohne aufzufallen. Erst kam die Vorfreude auf die Weihnachtsgans und die Geschenke, dann Träumen nachhängen beim Planen des nächsten Urlaubs, nicht zuletzt wurde es einem warm um die Seele, wenn man für das neue Jahr gute Vorsätze fasste, auch wenn sie natürlich niemand einhielt. Und jetzt? Frost, der Frühling noch weit, vom Sommer ganz zu schweigen. Statt Urlaubsprospekten sammelten sich offene Rechnungen im Briefkasten.

Es nützte nichts, ich musste meinen dahinsiechenden Kadaver retten, indem ich ihn der Natur aussetzte. Dazu war es notwendig, den inneren Schweinehund vom Sofa zu locken. Ich konnte ihn täuschen, indem ich so tat, als wollte ich in die Kneipe. In Wahrheit würde ich an die frische Luft gehen. Weit kam ich aber nicht, denn der Schweinehund hatte mich durchschaut.

„Moni's Eck" war ein Lokal, in dem die Wirtin selbst den Zapfhahn betätigte. Darüber, welche Farbe seine Fassade hatte, prallten die Meinungen und gelegentlich sogar die Fäuste der Gäste aufeinander, die Scheiben der alten Sprossenfenster litten genauso unter einem fortgeschrittenen Grauen Star wie der Spiegel hinter dem Tresen, alles, innen und außen, ließ sich auf einen einfachen gemeinsamen Nenner bringen – dreckig und schief.

Schon hatte ich beinahe der Versuchung widerstanden und wollte weitergehen, da klopfte mir jemand von hinten auf die Schulter. Ich drehte mich um und sah in das grinsende Gesicht von Mario, einem Kumpel, den ich vom Zivildienst kannte. Mit ihm hatte ich öfter, weil die Preise moderat waren, dieses Lokal besucht.

Als wir eintraten, fixierten uns Monis Stammgäste, als hätten wir sie aus einem hundertjährigen Schlaf gerissen. Dabei schien die Freude über neue Gesichter größer zu sein als die Skepsis. Allesamt waren sie sicher nicht der Mittelschicht zuzuordnen.

Der Stehtisch im Dart-Eck war seit unserem letzten Besuch, der schon Jahre zurücklag, nicht von der Stelle gerückt worden, und wie es aussah, wurde er auch nur selten abgewischt. Wir fühlten uns mit den Verhältnissen vertraut, und da kam auch schon Moni. Bestimmt schon Ende 60, hatte sie eine nikotingegerbte Haut, die wie Leder aussah, und ihre Stimme war von unzähligen Whiskeys aufgeraut: „Na, Jungs, was soll ich euch bringen?"

Wir wollten zwei Bier. Moni schwirrte, so schnell es ihre lädierte Hüfte und die Filzpantoffeln, die sie immer anhatte, zuließen, hinter ihren Tresen. Der alten Legende, dass ein gutes Bier sieben Minuten lang gezapft werden müsse, schenkte sie offenbar keinen Glauben. Bei ihr dauerte es eine Viertelstunde. Aber es kam.

„Na dann, Stößchen!", prosteten wir einander auf unser Wiedersehen zu. Kaum hatten wir den ersten Schluck getan, betraten vier junge Männer das Lokal.

„Ah! Unsere Zivis", krächzte Moni hinter der Theke.

„The next generation", lachte Mario zu den vieren hinüber und gestikulierte, um sie zu uns an den Tisch einzuladen. Wir erzählten ihnen, dass auch wir als Zivis öfter hier gewesen waren. Moni war im Dauerstress. Nachdem alle ihr Bier hatten, wurde noch einmal zugeprostet.

„Und, welche Karrieren habt ihr so hingelegt nach dem Zivildienst?", wollte einer der vier wissen. Mario sagte, dass er noch etwas Richtiges suche.

„Und du?", wandte sich ein anderer an mich.

„Ich bin im Filmbusiness", antwortete ich.

„Wow! Und was genau?"

„Ich verkaufe Popcorn im Kino-Foyer."

„Na, wenn das keine Karriere ist", meinte er. Das Gelächter war riesengroß. Ich nutzte die gute Stimmung: „Hat jemand Bock auf eine Partie Dart?"

„Na klar!", kam unisono die Antwort.

Wir bildeten zwei Mannschaften und legten die Spielregeln fest. Übertritte würden mit einer Runde Korn geahndet werden, die Mannschaft mit mehr Punkten würde am Ende von den Verlierern Doppelte spendiert bekommen. Da wir in jeder Mannschaft nur zu dritt waren, ging es relativ flott mit dem Alkoholnachschub. Nicht nur die Übertritte häuften sich, sondern auch die lockeren Sprüche.

„Da trifft ja meine Oma besser", spottete einer der vier Zivis, als mein Pfeil etwas außerhalb landete.

„Die hatte ja auch mehr Übung – vom Speerwurf bei der Mammutjagd", verteidigte mich Mario. Großes Gelächter.

„Bin gleich wieder da, was oben reingeht, muss unten wieder raus", rief ich in die Runde.

Das Reinheitsgebot galt bei Moni vielleicht für das Bier, aber sicherlich nicht für die Toilette. Schon bei meinen damaligen Besuchen hatte mich jedes Mal die Angst gepackt, wenn ich eines der Pissoirs benutzen musste, irgendwelche Parasiten könnten einen Weg finden, um in meinen Körper zu gelangen. Schließlich konnten ja auch Lachse stromaufwärts schwimmen.

Da nicht nur die Schnäpse mehr wurden, sondern zwischendurch auch weiter Bier floss – man musste ja den Durst löschen –, häuften sich die Klo-Expeditionen.

Erstaunlicherweise erschienen mir die Verhältnisse dort in einem immer günstigeren Licht, und ich begann die Gelbschattierungen des Urinsteins und das satte Platschen meiner Füße amüsant zu finden.

Nach ungefähr vier Stunden ließen der Gleichgewichtssinn und die Sehkraft erheblich nach. Der Drang der Blase, den auch Monis Pissoir nicht mehr besänftigte, und ein flaues Gefühl im Magen sagten mir, dass es höchste Zeit war, nachhause zu wanken.

Etliche Versuche waren notwendig, um in meine Wohnung zu gelangen.

Das verdammte Schlüsselloch war nie dort, wo der Schlüssel hineinwollte.

Ich schaffte es gerade noch auf die Toilette, um mich ehrfürchtig niederzuknien und dem Inhalt meines Magens freien Lauf zu lassen.

Am nächsten Morgen brauchte ich erst einmal vier Aspirintabletten, um mich ungefähr zu erinnern, wo ich mir diesen Schädel geholt hatte. Er fühlte sich wie ein Betonklotz an. Die Tabletten verhinderten nicht, dass ich vom Stuhl fiel, als es an der Tür klingelte. Es klang wie ein Feueralarm dicht neben meinem Ohr.

Draußen stand die Nachbarin. Ich hatte meinen Schlüssel außen stecken lassen. Dann rief die Polizei an. Jemand hatte meine Brieftasche gefunden und abgegeben. Nein, Geld sei keines mehr drin gewesen.

Ich wusste es.

Der Januar war ein richtiger Scheißmonat.

Das Geheimnis

Ich würde heute wohl nichts mehr zuwege bringen und lehnte mich kurz im alten Ohrensessel zurück. Nicht, dass es mich körperlich besonders angestrengt hatte, aber das Räumen des Zimmers hatte meinen Gefühlen einiges abverlangt.

Schon lange war ich nicht mehr hier gewesen. Es tat mir in der Seele weh, dass ich mich von meiner Oma − für mich waren meine Großeltern immer geblieben, als was ich sie von klein auf kannte − nicht mehr hatte verabschieden können.

Sie konnte nicht viel mitnehmen, als sie nach Opas Tod hier in das Heim zog: an Möbeln nur ihren geliebten Ohrensessel, schon in der alten Wohnung Mittelpunkt wohliger Geborgenheit, wenn sie mir darin Geschichten vorlas, während ich auf dem Boden hockte und gebannt zuhörte, und die alte Kommode.

Ich studierte Architektur und hatte zurzeit Ferien. Meine Mutter hatte mich gebeten, die Räumung zu übernehmen. So könne ich doch noch Abschied nehmen, meinte sie. Ich wusste, dass ich ihr damit auch eine schmerzliche und ungeliebte Pflicht ersparte. Die Möbel würden am nächsten Morgen von einem Trödler abgeholt werden. Die Kleider und die kleinen, persönlichen Dinge packte ich in zwei große Kartons. Es war nicht viel: Portemonnaies, eine Dokumentenmappe, ein paar Alben, die Fotos von ihren Reisen enthielten, Briefe von der Familie, ihre Nippfiguren und eine kleine silberne Kassette. Bevor ich ging, blieb ich noch einmal stehen. Es dämmerte bereits. Ich atmete tief und stellte sie mir noch einmal vor, wie sie in dem Sessel saß. Sie winkte mir zum Abschied.

Meine Mutter war für einige Tage zu Tante Heidi gefahren. So konnte ich mir Omas Schätze zuhause in Ruhe ansehen. Die Fotoalben kannte ich schon, da wir sie oft gemeinsam durchgeblättert hatten. Sie hatte es genossen, mir jedesmal aufs Neue ganz genau zu erklären, wo und wann sie und Opa da und dort gewesen waren. Auch die Nippfiguren standen schon ewig bei ihr herum, meistens Mitbringsel von Reisen. Trotzdem vertiefte ich mich in die Alben und rief mir erstaunt ins Gedächtnis, wie viel und weit die Großeltern gereist waren.

Mehrmals in Paris und London, fast alle europäischen Länder hatten sie besucht, ja sogar Südamerika.

Dann fiel mir wieder die Kassette ein. Mich wunderte, dass Oma sie mir nie gezeigt hatte. Sie war wunderschön, eine reich verzierte Treibarbeit aus Silber, und schien auch mit etwas gefüllt zu sein. Doch leider war sie verschlossen. Es gab unter ihren Habseligkeiten einen Schlüsselbund, aber bei einigen Schlüsseln sah ich gleich, dass sie zu groß waren, und die anderen passten nicht. Es musste ein kleiner, flacher Schlüssel sein, wie sie manchmal bei alten Koffern Verwendung fanden. Ich wurde ungeduldig und wollte schon Werkzeug holen, um das Schloss aufzubrechen, doch ich besann mich eines Besseren und beschloss, erst einmal gründlich nach dem Schlüssel zu suchen. Ich sah in den Portemonnaies nach – nichts. Dann kamen die Figuren an die Reihe. Einige waren hohl, ich drehte und wendete sie nach allen Seiten, ob darin ein Schlüssel versteckt sein könnte. Doch erst in einer kleinen Puderdose, beklebt mit Petit-Point-Stickerei, die eine Tänzerin darstellte, fand ich das Objekt meiner Begierde. Aufgeregt wie ein Schatzsucher klappte ich den Deckel auf. In der Kassette lagen, mit einem feinen blauen Band verschnürt, das zu einer Masche gebunden war, einige Briefe. Zaghaft löste ich den Knoten und nahm den ersten Brief heraus. Gleich die ersten Zeilen ließen mich stutzen: „Liebste Theresia, ich kann es kaum erwarten, dich in meine Arme zu nehmen, dich zu spüren, mit dir in die Nacht der Glückseligkeit zu fliehen ..." Liebesbriefe vom Opa, wie schön, dachte ich und las weiter. Obwohl es mich ein wenig peinlich berührte, denn niemals hätte ich meinem sehr lieben, aber doch etwas spröden Großvater solche schmachtenden Liebesworte zugetraut. Und irgendwie hatte ich das Gefühl, dass mich diese Briefe nichts angingen.

Was mich allerdings besonders irritierte, war die letzte Zeile. „Dein dich ewig liebender Josef", stand da. Mein Opa hieß Franz. Jetzt wurde ich erst recht neugierig, ließ meine Bedenken fallen und las alle Briefe. Mir blieb die Luft weg.

„Oma hatte einen Lover", lachte ich laut auf, um gleich wieder ernst zu werden. Wenn das meine Mutter erfuhr ...

In diesem Moment hörte ich, wie die Eingangstür aufgesperrt wurde. „Ich bin wieder da!", rief meine Mutter. Ohne lange zu überlegen, steckte ich die Briefe ein. Sie kam ins Wohnzimmer, sah die Kassette und sagte: „Wie schön, die kenne ich gar nicht! Was war den drinnen?"

„Nichts, sie war leer", log ich und schaute nach oben, um einer Fliege an der Zimmerdecke beim Putzen zuzusehen.

Am nächsten Tag ging ich zum Grab meiner Großeltern. Während ich ein stilles Gebet sprach, spürte ich, wie mir ein sanfter Wind übers Haar strich, als ob mich eine zärtliche Hand streicheln wollte.

„Ja, Oma, es bleibt unser Geheimnis", lächelte ich und verbrannte die Briefe.

Karambolage

Wer auffährt, ist schuld, simpel hört sich das an und es stimmt auch – meistens.

Es war Freitagmittag, alle wollten nur schnell nachhause. Auf den Straßen Stop-and-go-Verkehr. Die einen kamen nicht voran, die anderen ignorierten Halteverbote oder parkten einfach in zweiter Spur, um schnell noch Zigaretten zu holen.

Frau Buchsbaum stoppte im überfüllten Mittelgang des Supermarktes abrupt ihren Einkaufswagen, um rechts in die Drogerieabteilung abzubiegen, sie hatte vergessen, dass sie noch Klopapier brauchte.

Frau Züngler, ebenfalls im Mittelgang unterwegs, wurde abgelenkt durch das Geschrei des kleinen Züngler, der über dem Einkaufswagen thronte und unbedingt ein Eis wollte. Sie nahm einen Eislutscher aus der Packung, steckte ihn dem Schreihals in den Mund und erschrak, als der Wagen auf etwas Weiches auffuhr.

Kein Knall, kein Rumpler, auch kein Totalschaden, es bewegte sich ohnehin alles nur im Schritttempo.

„Au! Passen Sie doch auf", rief die Buchsbaum unwirsch.

„Entschuldigung", stammelte die Züngler und ging in die Hocke, um die Reste des Eislutschers vom Boden aufzuheben, den der kleine Züngler vor Schreck fallen gelassen hatte.

Frau Buchsbaum wurde erst grün, dann rot im Gesicht. Bevor sie jedoch ein Wort sagen konnte, tönte von unten von der Züngler, noch während sie da hockte: „Das tut mir wahnsinnig leid."

„Ja, Ihnen tut es leid, mir aber weh", fauchte die Buchsbaum. Sie hob den Fuß und rieb sich den Knöchel. Kein Blut, keine kaputte Strumpfhose, keine Schramme, nichts zu sehen. Sie musste lange reiben, um wenigstens eine kleine rote Stelle am Knöchel zu erzeugen.

„Da, sehen Sie!", sagte sie und hielt der Züngler triumphierend ihren Knöchel vor die Nase. Die Züngler wuchtete sich hoch, ignorierte die Buchsbaum mit ihrem Knöchel und wandte sich lieber ihrem Sprössling zu, der wieder zu schreien angefangen hatte, um ihn mit einem Schokoriegel zu beruhigen.

Das ließ die Buchsbaum noch zorniger werden. Jetzt wollte sie Satisfaktion.

„Ja, hat man so etwas schon erlebt?",
schrie sie so laut, dass sie für einen Moment das Gedudel aus den Lautsprechern
übertönte. Die Züngler hatte alle Mühe,
ihren Filius zu beruhigen.

„Unerhört!", wetterte die Buchsbaum weiter. „So eine Missachtung habe ich noch
nicht erlebt! Na ja, was kann man schon
von der heutigen Jugend erwarten!"

Der Verkehr schob sich langsam, nicht ohne
die üblichen Gaffer, an der Unfallstelle vorbei. Und so mancher konnte es nicht lassen, seinen Senf dazuzugeben.

Der Rückstau, der sich dadurch gebildet
hatte, reichte bis zum Eingang. Die Buchsbaum schnappte nur noch nach Luft.

„Das ist doch, das ist doch …", schnaubte
sie.

„Na, was?" Die Züngler richtete sich zur

vollen Größe auf.

„Ist sonst noch was? Wenn nicht, ich muss jetzt weiter."

Das hatte gesessen.

Die Buchsbaum hyperventilierte, aber es nützte ihr nichts, das Drama war vorbei. Während sie kopfschüttelnd und in sich hinein murmelnd ihren Wagen in Richtung Klopapier weiterschob, löste sich der Stau langsam auf.

„Bitte weitergehen, Kassa 6 und 7 haben zusätzlich für Sie geöffnet", tönte es aus den Lautsprechern.

Die Keiler

Die Sokrates-Straße führt vom Hippokrates-Platz zur Suleiman-Moschee und ist eine der beliebtesten Einkaufsstraßen von Rhodos Stadt. In den Geschäften dieser breiten, von alten Häusern gesäumten Straße findet man alles, was man nicht dringend braucht: Gold- und Silberwaren, Teppiche, Souvenirs, CDs und Pelz- und Lederbekleidung. In der Hauptsaison, wenn die Urlauber aus den Feriendörfern in die Stadt eilen, wenn ihnen langweilig ist, und die Kreuzfahrtschiffe ihre Passagiere in Scharen von Bord lassen, die wie Lemminge in die Altstadt einfallen, ist hier die Hölle los. Und jedes Pelz- und Lederwarengeschäft hält sich dort zwei bis drei lautstarke Animateure, die

Kundschaft in die Geschäfte locken sollen. Ich weiß nicht, wie oft ich schon auf dieser Insel war, sicher zehn bis zwölf Mal. Aber ich hasse Menschenmassen, und deshalb war ich bisher jedes Mal in der Nebensaison hierhergekommen   .

So hielt ich es übrigens auch bei Städtereisen. Von den Menschenlawinen mitgerissen zu werden, die in der Hauptsaison durch die Städte fluteten, entsprach nicht meiner Vorstellung von einem erholsamen Urlaub.

Doch jetzt war Juli, ergo Hauptsaison, und trotzdem befand ich mich auf Rhodos, um Urlaub zu machen. Es hatte sich leider nicht anders einrichten lassen. In einem kleinen Dorf unweit der Stadt nahm ich mein Quartier, im kleinen Haus eines Freundes von hier, der jetzt in Wien lebte. Ich hatte mir vorgenommen, die Stadt zu meiden, aber dann besuchte ich sie eines Tages doch. Bisher waren während meiner Aufenthalte die meisten Geschäfte noch nicht geöffnet oder schon wieder geschlossen gewesen, und ich musste mir eingestehen, dass ich neugierig war, welchen Eindruck die Sokrates-Straße mitten im Sommer, im Zustand höchster touristischer Aufregung, auf mich machen würde.

Ich hatte etwa mit einem lockeren Durchfluss gutgelaunter Touristen gerechnet, sodass mich die kompakte Masse an Besuchern, die sich schon am Vormittag durch die sonst eher verschlafene Altstadt schob, mehr als nur überraschte.

Es dauerte eine Weile, bis ich meiner Tradition nachkommen konnte, in einem Kafenion am Hippokrates-Platz erst einmal ein kühles Bier zu trinken. Ich lehnte mich zurück und beobachtete das Treiben.

Mein Blick blieb bei einem der Keiler hängen, die versuchten, Touristen aus dem Strom zu fischen, um sie in einem bestimmten Laden abzuliefern. Erstaunlicherweise fruchtete ihr Werben in vielen Fällen, und einige Minuten später kamen die Herrschaften mit Plastiktaschen aus dem Geschäft.

Ich musste lachen. „Also, wie kann man nur so blöd sein", murmelte ich.

Einer dieser Keiler war besonders krass. Ich verließ meinen Beobachtungsposten, um ihm besser zusehen zu können.

„Hello Madam! Bonjour Monsieur! Guten Tag die Herrschaften", in allen Sprachen versuchte er Kontakt aufzunehmen.

Da ich einigermaßen Griechisch beherrschte, hörte ich, wie einer seiner Kollegen zum Keiler sagte: „Jorgos, apó tin Austría!" Dabei deutete er auf eine ältere Dame, und schon hatte Jorgos ein Opfer aus Österreich gefunden.

„Guten Morgen, gnädige Frau!"
Diese Spezies sah und hörte schon von weitem, woher die Touristen kamen.
„Woher kommen Sie?", fragte er auf Deutsch.
„Ah, sie kommen aus Graz! Wie schön, ich habe eine Tante in der Maximilianstraße!"
Eine solche Straße gab es dort nicht, und

ich war mir sicher, er wusste nicht einmal, wo Graz lag. Doch die Dame war hellauf begeistert und plauderte munter drauflos, während sie ihm folgte. Zehn Minuten später kam sie beladen wie ein Packesel aus dem Geschäft.

„Was für ein Jahrmarkt", lachte ich und trachtete, so schnell wie möglich durch das Gedränge bis ans Ende der Straße zu gelangen.

„Ich werde noch einen Kaffee trinken und dann dem Irrsinn entfliehen", nahm ich mir vor.

Vor der Suleiman-Moschee lag ein kleiner Platz mit einem Kafenion, und nebenan war eines dieser Lederwaren-Geschäfte.

Kaum hatte ich an einem der Tische vor dem Lokal Platz genommen, da erspähte mich einer der Männer, die vor dem Geschäft auf Kundschaft lauerten.

„Kalimera, Karole", grüßte er mich.

„Guten Tag", antwortete ich, erstaunt, dass er meinen Namen kannte. Ich kannte ihn flüchtig vom Sehen, er stammte aus dem Dorf, in dem sich mein Urlaubsdomizil befand.

Er wollte auf keinen Fall zulassen, dass ich hier so einsam sitzen müsse, und lud mich auf einen Kaffee ins Geschäft ein.

„Efcharisto – danke!", sagte ich erfreut und folgte ihm in den Laden.

Eine halbe Stunde später.

„Karole, ziehst du die neue Lederjacke gleich an oder sollen wir sie einpacken?"

Das Praktikum

Ich ließ mich erschöpft auf meinen zer-
schlissenen Bürosessel fallen. Er sah genauso aus, wie ich mich fühlte, nach einem
Wochenende, das nicht gerade ruhig und
erholsam verlaufen war. Werbeleute würden ihn natürlich nicht zerschlissen nennen.
Für sie war er abgerockt, genau wie das
Viertel hier in Berlin, wo sich die Agentur
befand, in der ich ein Auslandspraktikum
absolvierte. Nicht etwa voll mit Junkies,
Punks und anderen eher lichtscheuen Zeit-
genossen, sondern abgerockt.

Etwas rumorte hinter dem riesigen Moni-
tor, auf dessen Rückseite ich starrte. Ein
Stück Wuschelkopf kam zum Vorschein,

dem ich ein lustloses „Guten Morgen" entgegenbrummte. Ich hatte nicht bedacht, dass ich damit Susis unerträglich gute Laune von der Leine ließ.

„Guten Morgen, Ösi! Na, was'n los mit dir, war das Wochenende so anstrengend?"

Susi, der fröhliche Wuschelkopf, war sozusagen mein Draht zum Büro und meine Entwicklungshelferin. Allerdings fragte sie mich viel mehr als ich sie und wollte immer alles ganz genau wissen. „Quatschen" war überhaupt ihre große Leidenschaft.

„Alles bestens", versuchte ich zu beschwichtigen. „Mir ist nur nicht nach tiefschürfenden Gesprächen, schon gar nicht so früh am Morgen."

Natürlich hatte ich keinen Erfolg. „Na komm, erzähl schon. Bist du wieder auf dieses Mädel abgefahren oder warst du vielleicht auf Tour mit dem wahnsinnigen Ironman?", spottete sie.

Das brauchte ich jetzt wirklich nicht, noch dazu auf nüchternen Magen. Nicht einmal einen Kaffee hatte ich noch getrunken.

Ich machte ihr ein Angebot. „Bring mir einen ‚Kaffee on the rocks'", dann ginge es mir noch besser und ich erzähle dir alles, was du wissen willst. Deal?"

„Kaffee on the rocks?", fragte sie, während sie mich über ihren Bildschirm hinweg in Augenschein nahm, und zog ihre Stirn in Falten.

„Ja, mit drei Stück Würfelzucker", grinste ich.

„Du spinnst wohl", protestierte sie. „Sonst noch was! Hol dir deinen Kaffee selber. Und bring mir gefälligst einen mit! Du bist schließlich das Küken hier."

Also blieb mir nichts anderes übrig, als mich zur Kaffeemaschine zu schleppen, die im Nebenraum stand. Beim Aufstehen war es schwer zu entscheiden, wer mehr ächzte, mein Stuhl oder ich.

Doch als ich den Raum betrat, war meine Müdigkeit plötzlich wie weggewischt. Vor dem Kaffeeautomaten stand Viviane, eine Praktikantin aus Frankreich, die immer aussah, als wäre sie gerade aus einem der Playboyhefte gestiegen, die im Empfangszimmer der Agentur herumlagen. Sie wartete darauf, dass der Kaffee in ihre Tasse floss. Dabei schälte sie genüsslich eine Banane und biss ihr dann so liebevoll die Spitze ab, als hätte sie Angst, sie zu verletzen.

Viviane wurde, seitdem sie da war, von den Männern der Agentur, aber vielleicht noch mehr von den Frauen als das Büroluder angesehen.

Sie verbrachte ihr Praktikum hauptsächlich vor der Kaffeemaschine und lauerte darauf, dass männliche Opfer vorbeikamen, die sie bezirzen konnte. Susi hatte bereits den Verdacht, sie sei von der Konkurrenz geschickt worden, um die Arbeit in der Agentur zum Erliegen zu bringen.

Das glaubte ich zwar nicht, es sollte trotzdem per Gesetz verboten werden, dass solche Frauen in der Öffentlichkeit Bananen essen dürfen, weil sie damit diese leckeren, nährstoffreichen Früchte völlig schuldlos in Verruf bringen.

Viviane wandte sich mir zu und schaute direkt in meine weit geöffneten Pupillen, während sie das zweite Stück abbiss. Über ihr Gesicht huschte ein verführerisches Lächeln, wie es nur Französinnen zustande bringen. Ich kam ihr vermutlich gerade recht. Ich war genauso unschuldig und ungefähr so wehrlos wie die Banane. Und ebenso unerfahren, deshalb machte ich den fatalen Fehler, mit Viviane zu sprechen.

„Der Kaffee ist super, oder?"

Ich stotterte ein wenig, und etwas Blöderes hätte mir in diesem Moment kaum einfallen können. Es zeigte sich aber, dass das völlig egal war. Sie lächelte nur und nickte.

Ich startete einen zweiten Versuch: „Kannst du die Banane später essen, bitte?"

Zu spät bemerkte ich, dass das auch nicht besser war.

Sie schluckte den Bissen hinunter und schaute mich groß an. „Pourqoui?"

Ich lächelte nur verlegen wie ein Schuljunge. „Cela t'excite?"

Mein Gesicht wurde rot wie eine reife Tomate.

„Qu'a tu, mon petit?", fragte sie staunend, als sie sah, in welchem Zustand ich mich befand.

Obendrein bildeten sich jetzt auf meiner Stirn verräterische Schweißperlen.

„Irgendwie ist es ... zu erotisch", stammelte ich.

„Ça veut dire ...?", fragte sie mit einem Augenaufschlag, der jeder Schlafaugenpuppe zur Ehre gereicht hätte.

Ihr Kaffee war fertig. Sie hielt die Banane mit dem Mund fest, weil sie die Tasse mit beiden Händen aus der Maschine nehmen wollte.

Ich war einer Ohnmacht nahe. Meine aktuelle Blutverteilung entsprach längst nicht mehr der Norm. Insgeheim dankte ich der Näherin meiner Hose für ihre robuste Arbeit.

Viviane ergötzte sich an meinem Zustand. Sie stellte die Tasse auf ein Tablett, zog die Banane langsam aus ihrem Mund, hauchte mir einem Kuss zu und sagte mit einem bedauernden Lächeln: „Dommage!"

Dann schwang sie ihren wohlgeformten Hintern an mir vorbei im Takt meines Herzschlages davon.

Mit zitternden Knien kam ich in das Büro zurück.

Susi empfing mich auf Deutsch mit den nüchternen Worten: „Das hat ja ewig gedauert! Und wo bleibt mein Kaffee?"

Belämmert stand ich da.

„Kaffee? Mon dieu …"

Ich machte ein beiläufiges Gesicht, als hätte ich nur die Löffel vergessen. „Kein Problem. Bin gleich wieder da!"

Im Bistro

Es gibt Frauen, bei denen ich mich weigere, auf sie Ausdrücke wie liebenswürdig, freundlich, herzlich und sympathisch anzuwenden. Das sind vor allem die alten Schachteln. Verdrossen, mürrisch, säuerlich, griesgrämig, egoistisch, intolerant. Eben alt durch und durch, wahrscheinlich schon seit ihrer Geburt.

So eine saß an einem Nebentisch in dem kleinen Bistro im Einkaufszentrum, mit einem Gesichtsausdruck, der den Milchkaffee, den ich soeben serviert bekommen hatte, in Gefahr brachte, in der Tasse sauer zu werden.

Mit nach unten gezogenen Mundwinkeln

stocherte sie mit der Gabel unwillig auf ihrem Teller herum. Sie bemerkte, dass ich zu ihr hinübersah, und glaubte in mir einen Komplizen ihres Unmuts gefunden zu haben.

„Die Portionen werden immer kleiner", knurrte sie. „Die Qualität immer mieser, die Bedienung immer unfreundlicher und die Preise immer unverschämter."

Ich war zu gut erzogen, um auf so eine direkte Einladung zum Gespräch nicht zumindest pro forma einzugehen.

„Ich trinke nur Kaffee", sagte ich bedauernd.

„Der ist ja auch nicht mehr, was er früher war."

Ich hätte nicht gedacht, dass es möglich wäre, diesen Mund noch weiter zu verziehen. Ich zuckte nur mit den Achseln und wandte mich wieder meiner Zeitung zu. „Rambo, Platz!" tönte in diesem Moment die schrille Stimme der Besitzerin des Bistros. Ein winziger Pekinese, rund wie eine Nackenrolle, wischte hurtig unter den Tischen durch. Dieses Tier war der am wenigsten folgsame und gleichzeitig der mit Sicherheit verfressenste Hund weit und breit. Nochmals rief die Wirtin: „Rambo, am Platz!" Vergebens.

Ich runzelte schon die Stirn, wenn er auch nur auftauchte. So einen Westentaschenhund Rambo zu nennen, fand ich ohnehin lächerlich. Während sein Frauchen um das Wohl ihrer Gäste bemüht war und das eine oder andere Mal fast über ihn stolperte, schlich er stets von Tisch zu Tisch in der Hoffnung, etwas Aufmerksamkeit zu bekommen, hauptsächlich in Form von kleinen Leckerbissen. Langsam kam Rambo auf seiner Tour in meine Nähe geschlichen. Ich bin an sich kein großer Hundefreund, was ich aber absolut nicht leiden kann, ist, wenn Hunde an den Tischen gefüttert werden. Am meisten liebte es Rambo ja, wenn man ihn hochhob und er freien Zugang zu den Tellern hatte. Das kam zum Glück nicht allzu häufig vor.

Er stupfte mich mit der Nase an, obwohl er mich schon kannte und wissen musste, dass von mir nichts zu holen war. Ich reagierte nicht darauf. Es hatte keinen Sinn, ihn zu treten oder wegzuschieben, am besten war, ihn zu ignorieren. Er hob gelangweilt den Kopf und machte sich daran, sich sein nächstes Opfer auszusuchen.

Nicht nur ich bemerkte verwundert, wie plötzlich die alte Schachtel neben mir Rambo unter dem Tisch mit Handzeichen lockte. Auch Rambo registrierte es sofort.

Er sah mich kurz an, als ob er sagen wollte: „Dann eben dort!"

„Ja, was bist du denn für ein Süßer", flötete sie, als Rambo ihren Lockungen freudig nachkam, beugte sich hinunter und streichelte seinen Kopf. Sie bearbeitete den kleinen Kerl mit ihren Liebkosungen derart intensiv, dass ich Angst hatte, dass sie demnächst vom Stuhl fallen könnte.

Auch Rambo schien es bald zu viel zu werden. Liebe war ja schön, aber ihm war mehr nach Futter als nach dem Gesäusel der Frau, was er durch kurzes, leises Bellen kundtat. Was ich nicht für möglich gehalten hatte: Ein Lächeln huschte über ihr Gesicht. „Möchtest du ein Fleischi?", fragte sie in dem üblichen lachhaften Kleinkinderjargon, als wollte sie dem Hund das Sprechen beibringen.

Die wird doch nicht – dachte ich, aber doch, sie tat es.

Und schon fiel ein Stück von ihrer Gabel auf den Boden. Mit einer Geschwindigkeit, die ich dem Winzling nie zugetraut hätte, verschlang er das Fleisch. Und wieder fiel ein Stück zu Boden. Ihr Gesicht wurde immer freundlicher, fast liebenswert.

Vielleicht hast du dich geirrt und es ist doch noch ein bisschen Leben in ihr, sagte ich zu mir, andererseits, was sie hier tat, war widerlich. Der Hund sah aus, als wollte er gleich platzen, und trotzdem japste er kurz und aufgeregt, um immer noch mehr zu bekommen.

„Psst", ermahnte sie Rambo und legte den Zeigefinger auf ihre Lippen, bevor sie wieder eine Portion zu Boden fallen ließ. „Schmatz nicht so, das muss ja niemand mitbekommen!"

Sie schaute kurz auf, sah, wie ich die Szene beobachtete, und deutete mir verschwörerisch, sie nicht zu verraten. Ich hasste solche Fütterungsaktionen. Das war keine Tierliebe, es war reiner Egoismus. Der Hund hatte vielleicht Würmer, auf denen durften sich die nachfolgenden Gäste dann die Schuhe abtreten. Unappetitlich war das bis dort hinaus. Ich sagte zwar nichts, schüttelte aber missbilligend den Kopf und verzog das Gesicht. Es schien sie nicht zu stören. „Tut mir leid, das war alles", beteuerte sie, nachdem der letzte Brocken Fleisch im

Hund verschwunden war. Als nichts mehr kam, wurde Rambo ungemütlich. Erst knurrte er nur leise, dann fing er an, in einer Stimmlage zu bellen, die solche kleinen Hunde auszeichnet. Dabei umkreiste er die etwas ratlose Dame und stupfte sie mit der Nase an. Nun bekamen erst recht alle Gäste ihr kleines Techtelmechtel mit der undankbaren Nackenrolle mit. Die meisten amüsierten sich.

„War das jetzt notwendig?", fragte ich ziemlich laut in ihre Richtung, um mich gleich darauf zu ärgern, dass ich mich nun doch eingemischt hatte. Ich erntete einen bösen, verdrossenen Blick. Die alte Hexe, dachte ich, wahrscheinlich würde ihr ein eigener Hund zu viel Dreck machen, da macht sie die Schweinerei lieber woanders. Natürlich bekam nun auch die Wirtin mit, was hier vorging.

Sofort rief sie Rambo zu sich, aber der dachte nicht im Geringsten daran, dem Befehl Folge zu leisten. Wer verlässt schon gerne die Hand, die ihn gerade gefüttert hat? Die Wirtin ging zum Tisch, von dem Rambo nicht wegzubekommen war, um ihn zu holen.

„Wenn es dem Herrn nicht passt, kann er doch woanders hingehen", sagte die Samariterin, als wollte sie sich rechtfertigen, zur Bistrowirtin und deutete in meine Richtung. Die Wirtin schaute zu mir hinüber und zuckte mit den Schultern. Ich nahm es als Zeichen der Entschuldigung.

„Mein erster Eindruck hat mich doch nicht getäuscht. Eine alte Schachtel!", sagte ich vernehmlich und legte einen Fünfer für den Kaffee auf den Tisch.

Lasst Blumen sprechen

Vor vielen Jahren schenkte ich meiner damaligen Verlobten einen Blumenstrauß, aus einem bestimmten Grund – auch andere Mütter hatten schöne Töchter (Sie verstehen, was ich meine?).

Naiv, wie ich war, dachte ich: Es ist eine nette Entschuldigung und beruhigt mein schlechtes Gewissen.

Man sagt ja: „Lasst Blumen sprechen". Sie sprachen, leider zu leise, meine Verlobte dafür erheblich lauter.

Die Blumen landeten im Mistkübel, ich auf der Straße. Es gelang mir mit viel Mühe, noch mehr Versprechungen und um ein Vielfaches teureren Präsenten, als es die Blumen gewesen waren, wieder in die

Wohnung aufgenommen zu werden. Seitdem habe ich ein gespanntes Verhältnis zu Blumen als Botschaftern.

Dieses Jugenddrama kam mir wieder in den Sinn, als ich zufällig an einem Feld mit Blumen zum Selberpflücken und -schneiden vorbeifuhr.

Ich hielt kurz an und überlegte, ob ich meiner Frau einen Strauß mitbringen solle. Aber ich verwarf mein Vorhaben, denn es könnte ja falsch verstanden werden, wenn ich meinen üblichen Blumenschenk-Zyklus durchbrach: Valentinstag (neu seit ein paar Jahren), Muttertag, Geburtstag, Hochzeitstag. Nach 25 Ehejahren wollte ich nicht wieder auf der Straße landen. Angeblich haben Frauen ja ein Gedächtnis wie Elefanten. Ich würde mich also damit begnügen, die Blumenpracht nur zu fotografieren. Als leidenschaftlicher Fotograf hatte ich meine Kamera immer griffbereit im Auto.

Ich sah sie durch das Objektiv, als ich die Kamera auf dem Stativ einrichtete: Die alte Schachtel aus dem Bistro im Einkaufszentrum.

Verdrossen, mürrisch, säuerlich, griesgrämig, egoistisch, intolerant, so hatte ich sie in Erinnerung, eben alt durch und durch, wahrscheinlich schon seit ihrer Geburt — davon war heute allerdings wenig zu bemerken. Vielleicht, weil sie diesmal nicht allein war.

Wie Brünnhilde in der „Walküre" stand sie da, etwas erhöht auf einem kleinen Hügel, nur noch Speer und Schild fehlten, und dirigierte einen – vermutlich ihren – Mann mit strengen Befehlen.

„Herbert! Nicht die! Die daneben!"
Herbert, der arme Wurm. Ich musste erst genau hinschauen, sein Oberkörper überragte kaum die Gladiolen. Er tat brav, wie ihm geheißen, und watete von einer Gladiole zur anderen.

„Sag einmal, bist du blind? Die ist doch schon halb verwelkt, das sehe ich sogar von hier! Die auf der anderen Seite meinte ich", donnerte es vom Feldherrnhügel.

Herbert musste beim Militär gut gedrillt worden sein, jedenfalls funktionierte er so. Rechts um! Zwei Schritte vorwärts! „Die?"
„Ja, mach schon!" Herbert schnitt, wie ihm befohlen. Dann noch eine.

„Schatz! Die ist so schön, die nicht auch noch?", fragte er und hielt sie hoch.

„Jetzt hast du sie ja schon", zeterte sie, „Kannst du nicht vorher fragen?"

Wo sie recht hat, hat sie recht, dachte ich mir.

Endlich hatte Herbert seinen Strauß beisammen.

Ein Bild für Götter: Der kleine Herbert, der einen riesigen Strauß langer Gladiolen bändigte. Ich dachte zuerst, er hätte keine Schuhe an, dann sah ich, dass nur zwei große Erdklumpen aus seinen Hosenbeinen ragten.

„Na, sind sie nicht schön?", fragte er triumphierend.

Offenbar war er hungrig nach der Anerkennung seiner Walküre.

Sie schien wenig begeistert.

„Wenigstens hast du sie alle gleich lang ab-
geschnitten", bemerkte sie.

Allein dafür hätte ich ihr schon den Strauß
vor die Füße oder anderswohin geworfen.
Aber es ging noch weiter.

„Schau dir deine Schuhe an, was für eine
Schweinerei! Mit diesen Schuhen kommst
du mir nicht wieder ins Auto!"

Herbert nahm alles hin.

Möglicherweise war er von Haus aus
selbstverleugnend gutmütig, oder sie hatte
ihn einer Gehirnwäsche unterzogen.

Ich sah den beiden kopfschüttelnd nach, als
sie wegfuhren. Dann konzentrierte ich mich
aufs Fotografieren.

Doch Herbert ging mir nicht aus dem Sinn.
Sahen mich andere vielleicht auch schon

so, wie ich Herbert sah?

Dann war es wohl höchste Zeit.

Schnell schnitt ich noch einige Blumen ab.

Brünnhilde

Da sage noch einer, die Welt sei nicht klein.

Ich hatte einige Tage auf der Insel Rhodos verbracht und suchte im Flughafengebäude den Check-In-Schalter für meinen Heimflug. Da hatte ich ein Déjà-vu. Man muss es so sagen, obwohl ich sie zuerst hörte und dann erst sah. Vor mir in der Schlange stand unverkennbar vernehmlich die alte Schachtel aus dem Bistro, die mir am Blumenfeld mit ihrem Mann nochmals über den Weg gelaufen war – wie war sein Name? – ach ja, Herbert. Der stand – natürlich – hinter ihr. Vielleicht empfand das Schicksal eine Art Schadenfreude daran, uns ein weiteres Mal zusammenzuführen und mir damit die peinliche Mischung aus Ärger und Genuss zu bereiten, die mich bei jeder dieser Begegnungen beschlich.

Da wir aber schon quasi alte Bekannte waren, wollte ich nicht weiter so unhöflich sein, sie insgeheim eine alte Schachtel zu nennen. Ich fand, Brünnhilde sei ein passender Name für sie. Solche gibt es schließlich überall.

Brünnhilde und Herbert reisten im selben Flieger wie ich. Das bestätigte mir nur, dass es eine höhere Macht geben musste, die mich bestrafen wollte. Zwar saßen sie einige Reihen hinter mir, doch in Ruhe den Krimi zu lesen, den ich mir eingesteckt hatte, war mir nicht vergönnt, weil Brünnhilde geruhte, alle Mitreisenden an ihrem Unmut darüber teilhaben zu lassen, wie mies die

Bordverpflegung war, wie eng die Sitze und wie lächerlich Herberts Unentschlossenheit, gegen diese Missstände auf der Stelle etwas zu unternehmen. Ich sah nicht nach hinten, stellte mir aber vor, wie der Bedauernswerte im Verlauf dieses Fluges etwa auf ein Zehntel seiner ursprünglichen Größe geschrumpft sein musste, und die war ja schon vorher kaum erwähnenswert gewesen. Ich war mir dessen sicher, dass mir die beiden bei der Gepäckausgabe wieder über den Weg laufen würden. Genau so war es auch. Sie stellten sich nur wenige Meter neben mir ans Förderband.

Während wir warteten, konnte man – fast – alle an ihren Smartphones oder Handys herumfummeln sehen, um Freunde und Bekannte über die gute Ankunft zu informieren oder ihnen eben sonstige, enorm wichtige Neuigkeiten mitzuteilen. Nicht so Brünnhilde. Sie blickte demonstrativ in die Runde und krähte dann: „Schau dir das an! Alle reden nur noch mit ihren Handys! Keiner hat mehr Zeit für ein persönliches Gespräch!"

Herbert lächelte einen Fluggast, der sich erstaunt zu ihr umdrehte, säuerlich an. Brünnhilde ließ sich nicht beirren.

„Dort!", sie zeigte ungeniert auf eine Frau mit einem Kind neben sich, die beide telefonierten.

„Sogar der Kleine hat schon das Handy am Ohr! Und die Mutter neben ihm! Wahrscheinlich telefonieren sie miteinander! Das ist einfach lächerlich!"

Herbert versuchte zu antworten.

„Aber …"

Seine Meinung interessierte sie nicht. „Schau dich um", unterbrach sie ihn, „wie sich die alle wichtig nehmen, als käme die Welt nicht ohne sie aus. Kaum aus dem Flugzeug und schon starren sie alle auf ihre Geräte."

„Aber, Liebling ..."

„Warum dauert das denn heute hier wieder so lange?", würgte sie seine Antwort ab und verlagerte ihren Unmut auf die Gepäckauslieferung. Da begann das Förderband langsam zu ruckeln. Brünnhilde stieß Herbert in die Rippen: „Na endlich! Stell dich hierher! Pass auf!" Herbert versuchte eine Art Lauerstellung einzunehmen, doch es dauerte noch eine ganze Weile, ehe die Koffer ausgespuckt wurden. Koffer für Koffer fand das Gepäck seine Besitzer, die zufrieden damit abzogen.

Die Gruppe der Wartenden wurde immer kleiner, Brünnhilde immer nervöser. Sie tanzte von einem Fuß auf den anderen. „Herbert, ich muss aufs Klo", knurrte sie schließlich. „Unser Koffer ist der graue, den wir voriges Jahr gekauft haben, verpass ihn ja nicht!"

Herbert wäre nicht Herbert gewesen, hätte er nicht devot genickt.

„Der mit dem roten Anhänger!", fügte sie noch hinzu.

„Ja, ja, ich weiß doch, wie unser Koffer aussieht", murmelte er. Das beeindruckte Brünnhilde nicht.

„Na, du verwechselst doch immer alles! Weil du so vergesslich bist!", rügte sie und trippelte Richtung WC davon.

Mein Koffer war inzwischen angekommen, ich zog ihn vom Förderband und wünschte

Herbert, er möge den richtigen Koffer finden, andernfalls hätte ich für sein Wohlergehen nicht garantieren wollen.

Beim Hinausgehen fischte mich ein Zollbeamter aus der Reihe, der unbedingt einen Blick in mein Gepäck werfen wollte. Ich konnte nicht ausmachen, ob er zufrieden oder ungehalten darüber war, dass er nichts zu beanstanden fand. Die Verzögerung führte jedoch dazu, dass ich die beiden vor dem Kassenautomaten im Parkhaus wieder traf. Offenbar hatte Herbert tatsächlich den richtigen Koffer gefunden. Ein Betrag wurde ihnen angezeigt, beide begannen umständlich in ihren Portemonnaies zu kramen. Dabei meckerte Brünnhilde: „Ich habe ja gleich gesagt, Robert hätte uns herfahren und wieder abholen können.

Jetzt zahlen wir hier ein Vermögen."

Zum Glück gab es mehrere Automaten, und nebenan wurde einer frei. Ich konnte mein Ticket lösen, ohne den weiteren Diskurs der beiden abwarten zu müssen. Doch wider Erwarten fielen ihre Münzen schnell, und die beiden hasteten ausgerechnet dem Aufzug entgegen, in dem ich mich gerade freute, dass meine Bestimmung als unfreiwilliger Zeuge dieser Posse von einer Ehe ein Ende zu finden versprach. Was hatte ich verbrochen? Nun musste ich auch noch im Aufzug ihre Gesellschaft ertragen. Während der Lift nach unten fuhr, wettete ich mit mir selbst, dass sie auf dieselbe Parkebene wollten, und gewann. Ich steuerte zielsicher meinen Parkplatz am Ende der Reihe an. Hinter mir hörte ich die Stimme von Brünnhilde.

„Bist du sicher, dass wir hier richtig sind?"

„Denke schon."

Vernahm ich da ein leichtes Zittern in Herberts Stimme?

„Wenn du dich da nicht täuschst!", rief Brünnhilde streng.

„Du wirst schon sehen", versuchte er die Moral hochzuhalten, obwohl es alles andere als überzeugt klang. Die beiden überholten mich. Herbert legte mit dem riesigen Koffer, den er hinter sich herzog, ein Tempo vor, das nur durch sich langsam steigernde Panik zu erklären war.

Plötzlich stoppte er und drehte sich im Kreis. In seinen Augen flackerte Verzweiflung. Er hatte sich offenbar verlaufen.

„Herbert! Um Himmels willen, du musst doch wissen, wo du das Auto geparkt hast!", sagte sie mit einem wilden Blick.

„Ja, aber das sieht doch hier alles gleich aus", verteidigte er sich. Seine hoffnungslose Lage ließ ihn sogar einen Gegenangriff versuchen.

„Übrigens, du bist ja mit im Auto gesessen, als wir hier irgendwo parkten. Du hättest dir den Platz auch merken können!"

Recht hast du, pflichtete ich ihm gedanklich bei. Brünnhilde riss Augen und Mund auf.

„Was hat das mit mir zu tun? Muss ich alles selber machen? Aber es geschieht mir ja recht. Du bist vergesslich wie drei Alzheimerpatienten zusammen. Wer sich auf dich verlässt, ist verlassen!", sagte sie verächtlich. Dann, etwas sanfter: „Wenn wir nicht bald unser Auto finden, verfällt das Ticket für die Ausfahrt auch noch."

Diese Aussicht schien sie etwas zu beunruhigen. Während ich im Auto langsam an

den beiden vorbeifuhr, sah ich, wie Herbert noch immer verzweifelt auf das Ticket starrte, als stünde dort, wo ihr Wagen zu finden wäre, und danach hilfesuchend auf die vielen, vielen fremden Autos.
Ein Bild des Jammers.

Zuhause angekommen, dachte ich noch immer an Brünnhilde und Herbert, wie sie Reihe für Reihe, Stockwerk für Stockwerk nach ihrem Auto abklapperten.

Das Pendant

„Am 23. März ist Partytime!", stand in Zierschrift auf der Einladungskarte zur Feier des zehnjährigen Jubiläums des kleinen, aber renommierten Verlages.

Geladen waren die Autoren und die Angestellten samt Anhang. Mir war überhaupt nicht nach Party zumute, außerdem war ich erst kurz für den Verlag als Autor tätig und kannte gerade einmal meinen Lektor und den Verlagsleiter mit Namen. Dann nahm ich noch einmal das Verlagsprogramm zur Hand. Da gab es eine Autorin, die es mir angetan hatte: souverän, humorvoll, kompetent, von ihr konnte man etwas lernen. Wenn ich mit ihr ins Gespräch käme, wäre das den Aufwand schon wert.

Und schließlich: Meistens wurde es doch dann am interessantesten, wenn man eigentlich hatte zuhause bleiben wollen.

Ich verspätete mich etwas oder kam, besser gesagt, gerade rechtzeitig, denn als ich den Saal betrat, sprach der Verlagsleiter gönnerhaft die Schlussworte seine Rede: „Das Buffet ist eröffnet!"
Eine Schweineherde hätte nicht begeisterter dreinblicken und sicher auch nicht schneller den Büffettisch erreichen können als dieses ausgesuchte Rudel intellektueller Verlagsgäste. Andererseits, auch ich gehörte jetzt zu diesem Rudel.

Mit dem Teller in der einen und einem Glas Prosecco in der anderen Hand blickte ich triumphierend in die Runde, ob ich nicht vielleicht die erwähnte Autorin entdecken und in eine Unterhaltung verwickeln konnte oder sonst jemanden sah, der mir bekannt vorkam.

Da traute ich meinen Augen nicht. Worauf mein Blick fiel, ließ meine Zuversicht, einen ruhigen Abend verbringen zu können, zerrinnen.

Sie stürmte mit bereits leergegessenem Teller an mir vorbei, meine alte Bekannte Brünnhilde, mit wehendem Gewand und ihrem Herbert im Schlepptau, und rannte das Buffet fast um. Schild brauchte sie keinen, mit einem Speer in der Hand hätte sie mich glatt aufgespießt. Sie musste ihre erste Tellerfüllung in fünf Sekunden aufgegessen haben. So einen Körper bekommt man eben nicht geschenkt, dachte ich und beobachtete die beiden.

Mit vollem Einsatz schaffte sie sich Platz, schaufelte gut 2000 Kalorien auf ihren Teller und vergaß dabei nicht, Herbert nebenbei noch Anweisungen zu geben: „Nimm noch von den Fleischbällchen!"

Herbert gehorchte wie ein gut dressiertes Hündchen.

„Vergiss das Brot nicht!"

„Ja, aber wo…?", wagte er einzuwenden.

„Mensch! Schau doch, stell dich nicht so dumm an", zischte sie ihn an.

Andere Gäste am Buffet schüttelten schon den Kopf, wohl weniger aus Mitleid mit Herbert, sondern eher, weil sie fürchteten, der üppige Vorrat an Speisen könnte auf diese Art bald aufgebraucht sein. Ich schwankte, ob ich gehen und erst recht bleiben sollte. Die Entscheidung wurde mir abgenommen.

„Wie schön, dass Sie gekommen sind, Herr Schmittke", streckte sich mir eine Hand entgegen. Es war der Verlagsleiter. Ich wandte mich ihm zu und stutzte. Ihn begleitete eine Frau. Sie war Brünnhilde wie aus dem Gesicht geschnitten.

Es gelang mir noch, ein „Guten Abend" hochzuwürgen, bevor mein Blick wie von selbst hinüber zum Buffet geisterte, nein, das Original war noch dort. Der Verlagsleiter fuhr fort: „Herr Fischer, Ihr Lektor, hat leider den Verlag verlassen. Ich freue mich aber, Ihnen Ihre neue Lektorin vorstellen zu dürfen, Frau Mag. Prax."

„Freut mich! Renate", sagte sie mit einer weichen, angenehmen Stimme und reichte mir lächelnd die Hand. „Angenehm, Kurt", stotterte ich zerstreut und blickte wieder zum Buffet hinüber. „Und das ist mein Mann Harald", sie deutete auf den Mann neben sich. Wieder ein Déjà-vu. Im ersten Moment dachte ich, dort stünde Herbert, der Mann von Brünnhilde. Die äußere Ähnlichkeit war verblüffend.

„Nun, dann lasse ich euch allein, ihr werdet sicher einiges zu besprechen haben", meinte Herr Böhm und wandte sich den anderen Gästen zu.

„Darf ich Ihnen – dir etwas zu trinken holen?", fragte ich Renate, schon etwas gefasster.

„Danke, lass nur, das macht Harald. Was möchtest du?"

„Vielen Dank, ich habe noch meinen Prosecco", sagte ich, froh, Harald die Peinlichkeit zu ersparen, wie ein Dienstbote um meinen Wein ausrücken zu müssen.

„Und du, Renate, was trinkst du?", fragte Harald. Anscheinend war er es gewohnt, sich in sein Schicksal zu fügen.

„Du wirst doch noch wissen, was ich trinke", kanzelte sie ihn ab.

„Ja, aber …" „Nichts aber, mach schon, ich muss mit Kurt über sein neues Manuskript sprechen."

Harald rauschte ab und Renate sah ihm noch einen Moment kopfschüttelnd nach. Auch mein Blick folgte dem armen Teufel. Da sah ich, wie sie mit vollbepackten Tellern direkt auf uns zusteuerten: Brünnhilde und ihr Herbert.

„Renate, ist noch ein Platz frei bei euch?" „Ich denke ja, oder, Kurt?", fragte sie mich halb von der Seite, mehr oder weniger höflichkeitshalber, wie mir schien. Brünnhilde

155

und Herbert stellten ihre Teller auf den Tisch, ohne meine Antwort abzuwarten. „Das ist meine Schwester Anna-Lena", stellte sie mir Brünnhilde vor. „Anna-Lena, das ist Herr Schmittke. Er ist seit kurzem Autor in unserem Verlag." Anna-Lena nickte mir zu: „Angenehm, Frischmuth."

Ich funktionierte noch soweit, dass ich „Schmittke" sagen konnte. Innerlich drehte sich bei mir alles, wie die kleinen Reittierchen auf einem Karussell, und auf jedem einzelnen saßen Brünnhilde und Renate, gemeinsam. Renate erklärte weiter: „Anna–Lena ist Psychologin und Autorin, sie schrieb voriges Jahr sogar einen Bestseller!" „Ja, ‚Die Harmonie in der Ehe'", krähte Herbert und war sich der Ironie der Situation offensichtlich nicht bewusst. „Kennen Sie das Buch?"

Ich konnte nicht mehr. „Bedaure, nein, leider", stammelte ich. Die Situation überforderte mich, kein Zweifel. Flucht war der einzige Ausweg. Ich stand so hastig auf, dass mein Stuhl und das Proseccoglas umfielen. Fast gleichzeitig ergingen die Befehle Anna-Lenas und Renates an ihre Angetrauten, sofort den Sessel aufzustellen und mir einen neuen Drink zu holen. Das gab mir den Rest.

„Bitte entschuldigen Sie, ich bin etwas erschöpft. Liebe Renate, es tut mir leid, ich melde mich morgen telefonisch bei dir!"

Weitere Kurzgeschichten des Autors:

Menschen sind eben auch nur Menschen
ISBN 9783750470293

Leseprobe:
Eine glatte 12

Es war Montag, Punkt neun Uhr morgens, und Sebastian stand auf der Autobahn irgendwo zwischen Wr. Neustadt und Wien im Stau. Statt im Büro seinen Computer anzuwerfen, warf er alle zwei Minuten mit einem ungeduldigen Tritt aufs Gaspedal den Motor an, um wieder eine Wagenlänge vorwärts zu kommen. Er starrte aus dem Fenster und ihn schauderte. Die beklagenswerten Menschen, die es sich täglich

158

antun mussten, Teil dieser Blechschlange zu sein! Er schaute nach links und rechts und studierte die Gesichter der Wartenden. Sie kamen ihm ausdruckslos, einige sogar stupide vor. Wie vollkommen wurscht die mir eigentlich sind, dachte er. Grauenvoll.

Vom Leben geschrieben Teil I
ISBN 9783748178989

Leseprobe:
Vertippt
Kurt stand in der Küche und zerlegte gerade ein Huhn, er hatte heute Küchendienst, als sich sein Handy bemerkbar machte, das

im Wohnzimmer auf dem Tisch lag.

Seine Frau Helga goss dort gerade die Blumen. „Du hast eine SMS bekommen!", rief sie.

„Schau du nach, bitte, ich habe fette Hände. Es wird Alex sein, ich hab ihm geschrieben, dass er sich melden möge."

Helga nahm das Handy und las die Nachricht: „Hallo Kurt hier Doris! Wir haben uns gestern bei Norbert kennengelernt erinnerst du dich? Hast du heute schon was vor?"

Helga starrte auf die Nachricht und musste schlucken. „Wer ist es denn, Mausi?", rief Kurt aus der Küche.

Helga nahm das Handy und ging in die Küche. „Na?", fragte Kurt und sah Helga aufmerksam an.

„Deine Doris", sagte Helga steif.

„Wer? Ich kenne keine Doris", erwiderte Kurt und schmunzelte.